양 백 마 리

정선엽

초단편소설집

목차

09	미친놈들
16	14D
22	보라색 방어막
31	카아츠가(슬래쉬)는 말했다
35	내 성기는 너무 무겁다
42	줄
48	구덩이 탈출
55	양 백 마리
62	앵무새 초프
66	질문들
71	합의
79	엑셀 소나타 9번
84	27페이지
89	많이 안아줘
95	건축가의 도면

104	드라큘라는 백작이다
109	워크샵-플랫폼
114	에어포트 클럽
119	목욕탕
125	담배, 강과 태양
130	축하합니다
136	은비 씨
144	신해철을 듣는 밤
148	모모+님
154	페달을 신나게 밟자
161	사다리
166	우산
170	지금은 기억나지 않지만
175	작업실의 유령

미친놈들

"미친놈."

"미친놈."

2년 혹은 3년 만이니 오랜만에 만난 사이가 아니라고 할 수는 없었다. 하지만 둘은 서로를 얼싸안지도, 악수를 나누지도 않았다. 될 수 있으면 눈도 마주치지 않으려 했다. 팔을 뻗어도 닿기도 힘든 거리에서 엉거주춤 마주하고 있을 뿐이다. 서먹한 분위기는 아니었다. 오히려 늘 그래왔던 것처럼 자연스러웠다. 두 사람은 학교 안쪽으로 발걸음을 옮겼다. 한 사람이 긴가민가한 표정으로 혼잣말처럼 말했다.

"쎄븐일레븐이었던가? 아니면 일레븐쎄븐이었던가?"
나머지 사람은 아예 못 들은 체했다.
"난 씨유가 아니면 안 가는데."
"미친놈."
멀리 편의점이 보였다.
355ml와 500ml. 맥주 한 캔씩을 손에 쥐고 운동장이 내려다보이는 적당한 곳에 걸터앉았다. 각자 시선은 딴 곳을 향했다. 하늘에는 크고 작은 구름이 돌아다니고 운동장에는 축구공과 사람들과 구름 그림자가 하나가 되어 뒤엉켰다가 슬그머니 분리된다. 똑같은 모양은 다시 나오지 않지만 패턴은 고정되어 있다.
넥타이에 양복차림을 한 남자가 355밀리리터짜리 캔을 땄다. 칙 하는 소리와 함께 거품이 밀려올라왔다. 거품이 넘치지 않도록 얼른 입가를 가져다대고 혀로 할짝할짝 핥았다.
"미친놈. 개새끼냐?"
500밀리 캔을 가진 여자가 한심하다는 표정을 지었다. 여자는 오른손 검지를 캔 뚜껑에 걸었다. 빨간색 매니큐어를 바른 손톱으로 틈을 약간 벌린 다음 손가락 끝에 힘을 줘 뚜껑을 땄다. 경쾌한 소리가 나면서 뚜껑이

따졌다. 거품이 새어나오지 않았다.

"오오 대단."

"미친놈."

"이경미라고 혹시 알아? 우리 과 선배. 꽤 유명한 영화도 하나 있던데? 상도 좀 타고. 그 사람이 책도 써냈더라. 재주도 좋지. 근데 제목이 뭐였더라."

남자는 깊은 우물 속에 보란 듯이 호기롭게 던져 넣은 두레박이 끈이 조금 모자라서 낭패인 사람마냥 잔뜩 미간을 찌푸린 상태로 끙끙댔다.

"미친놈."

"아."

남자가 작게 탄성을 터트렸다.

"기억났어."

남자가 한 손으로 만세 하는 시늉을 했다.

"잘 돼가 무엇이든."

"뭐?"

"그게 제목이야. 그 책의."

여자는 대꾸하지 않았다. 맥주만 꿀꺽꿀꺽 삼켰다. 남자가 가만히 여자의 목에 시선을 두었다.

"잘 돼가니?"

"미친놈."

"그럴 리가 없겠지. 당연히. 네깟 녀석이 무슨 수로."

남자는 다른 쪽으로 눈길을 돌렸다. 그러더니 고개를 홱홱 돌리며 주위를 둘러봤다.

"왜 그래? 새삼스럽게."

"언제와도 네 사무실은 변함이 없네. 전망이 좋아. 시야가 탁 트여서 하늘도 보이고 땅도 보이고. 또 바람도 잘 통하고. 밤엔 별도 보이겠네. 밤하늘에 외로운 늑대 한 마리가 어슬렁거리는 게 보이걸랑 난 줄 알아."

남자가 말했다.

"미친놈."

"그냥 여기 있어. 들어오라는 인간도 없는데 기어이 안으로 기어들어가려 들지 말고."

"상관 마. 미친놈아."

두 사람은 얼마동안 별말 없이 맥주만 마셨다.

"근데, 그 사람이 진짜 우리 과 선배인 게 확실해?"

"아마 그럴걸?"

"이상하다. 나 학생회 활동했던 거 알지?"

"겸손한 척 하지 마. 진짜 재수 없으니까. 회장이었던 주제에."

미친놈들

"내가 모를 리가 없을 텐데. 더군다나 그런 유명인이면."
"그럼 그냥 우리학교 선배쯤으로 해두자."
남자는 캔을 바닥에 내려놓고서 호주머니에 양손을 찔러 넣으며 휘파람을 불었다. 여자 귀에도 익숙한 멜로디였다.
"미친놈." 하고 여자가 중얼거렸다. 여자는 곧 남자를 따라 휘파람을 불었다. 그쯤 되니 합창이었다. 남자는 높은 음으로 여자는 낮은 음을 내었다. 화음이 멀리 퍼졌다. 정말 그 때문인지는 알 수 없는 일이긴 하지만, 풀숲에 누워 한쪽 다리를 꼬고서 베토벤 바이올린 협주곡 D장조를 켜고 있던 베짱이가 화들짝 놀라서 활을 떨어뜨리고 말았다. 머리에 쓰고 있던 검정색 모직 페도라도 벗겨졌다. 그래도 상당히 고가인 스트라디바리우스를 땅에 떨어뜨리지 않은 게 다행이었다.
"그거 알아? 태권브이가 마징가제트를 따라한 거래."
"또 누가 그래?"
"둘이 싸우면 누가 이길까?"
"유치하긴. 하긴 딱 네 수준이다."
"난 왠지 마징가제트가 이길 거 같아. 뭔가 좀 더

단단하게 생겼달까? 주제가도 더 멋지구. 넌 어때?"
"미친놈."
"묻는 말에 대답 좀 해라. 미친놈이라고만 하지 말고.
진짜로 완전히 미친놈아."
여자가 입 안에 한 모금 머금었다가 천천히 삼켰다.
"그때 그 일은 어떻게 됐어?"
"얼마 전에 장난감가게에 갔는데 마징가제트
프라모델이 딱 있는 거야. 안 살 수가 없었어. 옛날
생각이 너무 나서."
"아직 해결 안 된 거지? 내가 그럴 줄 알았다."하고
여자가 말했다.
"미친놈."
이번엔 남자가 툭 쏘아대듯이 대꾸했다. 여자는 남자의
반응이 재미있다는 듯이 피식 한 번 웃고는 계속해서
말을 이어갔다.
"눈도 깜빡거리지 않을 인간들한테 뭘 기대해? 차라리
교회에 가서 기도나 해라."
"미친놈."
"절에 가서 공양을 올리든지."
"미친놈."

미친놈들

"다 관두든지. 미친놈아."

"그래서 다 관뒀어. 나 잘했지?"

남자가 미소를 보였지만 여자는 순간 놀란 표정을 지었다.

"미친놈."

남자의 미소가 더욱 진해졌다.

"아닌 것 같애."

미소 끝에 남자는 그렇게 소리 냈다. 고개까지 가로저으며.

"그렇게 잘 돼가고 있지 않아. 무엇이든지."

남자는 남은 맥주를 단숨에 털어 넣고서 자리에서 일어나기 위해 손바닥으로 바닥을 짚었다.

"잠깐 편의점 갔다 올게. 너도 한 캔 더?"

여자가 "어."라고 대답했다.

"이번에도 또 설마 오백은 아니겠지? 예전에 삼백밖에 안 되던 걸 이틀에 나눠서 마시던 애는 어딜 간 거지? 도통 보이질 않네. 난 걔를 만나려고 오늘 왔던 거였는데. 저기요, 미안하지만 좀 찾아줄래요?"

"미친놈."

여자가 남자에게 살며시 입을 맞췄다.

15

14D

작은 표시등에 불이 들어왔다. 이어서 기내방송으로 안전벨트를 착용하라는 안내가 나왔고 승무원들은 탑승객들을 일일이 체크하며 다녔다. 나는 방송이 막 시작되려고 할 때, 그러니까 누군가 마이크를 입가에 가져다대고 평소 습관인양 조그맣게 입김을 먼저 불어넣고서 무슨 말을 막 하려는 것 같았을 때에 이미, 좌석 왼쪽에 있는 벨트를 죽 잡아당겨 반대편 버클에 채웠다. 등받이까지 똑바르게 세우고 나서도 기내방송은 아직 "케플라비크 국제공항에 곧 착륙할 예정이오니 모든 탑승객들께서는" 정도의 단계였다. 다른 나라

말이긴 했지만 그 정돈 알아들을 수 있었다. 별로
어려운 단어가 없었다. 인터네셔널에얼포트, 순,
어라이브, 올페신저. 아무튼 그제야 양옆에서 찰칵,
찰칵, 하며 금속으로 된 은색 클립이 버클 속에
장착되는 소리가 났다.

주말 내내 열심히 숙제를 해서 학교에 가져와 책상
위에 반듯하게 올려놓고 교사의 확인도장을 받는
아이라도 된 것처럼 나는 15C에 얌전히 앉아서 그들을
기다렸다. 승무원들 중 아무라도 와서 어서 내 모습을
컨펌해줬으면 했다. 땡큐라는 말이 나온 다음 조금
있다가 키가 큰 승무원 한 사람이 이쪽으로 가까이
다가오고 있는 게 보였다. 바로 그가 나의 현재 상태를
확인해줄 존재라는 걸 직감했다. 그러나 그는 내가
있는 쪽보다 한 줄 앞 라인인 14에서 걸음을 멈췄고
등받이 때문에 얼굴은 보이지 않지만 옆구리에 비죽
튀어나와있는 타이어 같은 살집이 꽤나 인상적인
어떤 승객에게 벨트를 채울 것을 권고했다. 승무원의
태도는 무척 정중하고 음성은 상냥했다. 상대가 그런
모습을 보인다면 누구라도 그 말에 따르지 않을 사람은
없을 것 같았다. 그렇지만 타이어 살집을 가진 14D

승객은 그리 만만한 자가 아니었다. 하라고 했다고
네, 하며 시키는 대로 군말 없이 하는, 소위 말하는
사회생활을 잘하는 스타일과는 거리가 멀었다. 노! 라고
하며 허리에 벨트를 두르는 걸 거부하였던 것이다.
만일 나였다면 쏘리, 쏘리를 연발하며 허겁지겁,
숨이야 쉬어지든 말든 허리가 졸리도록 벨트를 맸을
게 분명하다. 아마도 승무원이 지나간 다음에는 양옆에
앉은 사람들에게도 고개를 숙여보였을 것이다. 다행히
나에게 벌어진 일이 아니었고 14D 타이어에게 벌어진
일이었다. 마침 장시간 비행으로 몹시 지루해져있던
참이었는데, 이런 일이 생겼다. 나는 잠자코 상황을
주시하기로 했다. 두 눈으로는 옷으로도 커버가 안
되는 미련하고 게으른 살집을 지켜보았고, 두 사람의
실랑이에 두 귀를 기울였다. 키가 크고 다리가 긴
승무원이 목소리를 높이지 않고 재차 말해봤지만 아무런
소용이 없자, 이번엔 14D 쪽으로 허리까지 굽혀 벨트를
직접 채워주려고 했지만 결국 시도는 실패하고 말았다.
돈터치! 하며 승객이 아주 강하게 거부의사를 밝힌
것이었다. 그뿐만이 아니라 키가 크고 다리가 아주 길며,
게다가 잘생긴 승무원의 손등을 세게 때렸다. 밥상 위로

기어 올라온 날파리 따위를 잡듯이. 순간적으로 나는 승무원의 얼굴을 올려다봤다. 그도 그 지점에선 미소가 대부분 지워져있었고 겨우 간당간당한 수준으로만 입가에 걸려있었다. 그래도 완전히 미소를 잃은 건 아니었다.

나는 속으로 조금 감탄하고 말았다. 평상시에 그가 얼마나 고객접대에 관한 서비스훈련을 충실히 받았는지 잘 가늠할 수 있는 대목이었기 때문이다. 나는 코리안에어를 이용하기 잘했다는 확신이 들었다. 솔직히 말하면, 좀 부끄러운 고백이지만 출국 전에 외국항공사와 국내항공사 중에 어느 쪽이 더 나을지 고민을 했더랬다. 결국 국내항공사로 결론을 내긴 했지만 못미더운 마음이 완전히 불식된 것은 아닌 상태였다. 그렇지만 내 결정은 역시 틀리는 법이 없었다. 매순간마다 선택과 결과의 교차와 연속이었다. 선택을 했던 순간들과(x값) 그 결과들을(y값) 포인트로 찍어서 좌표평면에 나열한다면 y축에 바짝 붙인 상태에서 오른쪽 위로 향하는 라인이 되고도 남을 것이다. 마흔하나라는, 아직까진 젊은 나이에 대기업 인사팀 부장을 다는 게 흔한 일은 아니니까. 잠시 회상에 젖고

말았는데, 일반 직장으로 치면 아마도 평사원이나
돼봤자 대리밖에 안 될 것 같은, 사회초년생 티가
물씬 나는 승무원 한 사람으로 인해 촉발된 한 편의
파노라마였다. 내가 만일 그의 직속상사라면, 그런데
우연히 이 장면을 목격했다면, 당장 자리로 돌아가
인사고과에 그의 선행을 낱낱이 기록해 둘 것이다.
그가 타부서 사람이라면 힘을 써서 우리 쪽으로
인사이동을 시킬 것이다.
키가 크고 다리도 길며 잘생긴 우리 승무원은 왔던
통로로 되돌아갔다. 그렇게 되니 15라인 쪽으론 한
발짝도 넘어오지 않은 셈이었다. 잠시 뒤 허리에 뭔가
검은 물체를 찬 승무원 세 사람이 우리 쪽으로 다가왔다.
정확히는 바로 우리 앞쪽 라인을 향해서였다. 그 중엔
14D에게 벨트를 채우려다 한 대 얻어맞았던 승무원도
있었다. 상황이 이쯤 되자 왠지 심상치 않은 일이 일어난
것 같은 느낌이 들었다. 이심전심이었는지 14D는
아까완 다르게 별다른 저항을 하지 않고서 앞뒤로
에워싼 세 사람을 따라 통로를 걸어 나갔다.
아주 잠깐 14D의 얼굴을 볼 수 있었는데, 예상외로
인상이 괜찮았다. 그에게 안전벨트만 채우려고 들지

않는다면 어디 가서도 소란을 일으킬 사람 같이 보이지 않았다. 통로 끝에서 14D는 어디론가 사라졌다. 이내 모두 다 사라졌다.
한 차례 작은 에피소드가 있긴 했지만 기내는 평화로웠다. 소리 내어 떠들진 않았지만 들뜬 분위기였다. 창밖으론 눈 덮인 공항이 내려다보였고 공중에는 오로라가 끼어있었다. 오로라를 보는 게 아이슬란드에 온 목적이었는데, 도착하기도 전에 봐버린 셈이 되고 말았다. 안 본 걸로 치기엔 너무 거대했고 색깔이 선명했다. 비행기가 급격하게 하강을 시작했다.

보라색 방어막

열한 시, 뭘 하기도 애매한 시간에 은퇴기념수업이 있었다. 누군가 했더니 우리가 평소에 이상이라고 부르는 한 노교수였다. 그분이 벌써? 조금 놀랐지만 별다른 감정은 들지 않았다. 섭섭한 마음이 생기지 않아 미안할 따름이었다. 예전에 한 번 수업을 들은 적이 있다. 신입생 시절을 마치고 2학년이 막 되었을 때였다. 그의 수업은 전공필수과목이었다. 수업을 듣기 위해선 전공자가 되어야 했다. 학교에서 두 학기를 보내고 나서도, 그때까지도 시와 소설 중에 어느 걸 할지 결정내리지 못하고 있었다. 좋게 말하면 둘 다 마음에 있었고 나쁘게 말하면 둘 다 확 다가오지 않았다. 고민 끝에 서사창작을 전공으로 선택한 것은 그분의 영향이 컸다. 아니 사실 그게 전부였다. 이왕이면 이 대학에서 가장 유명한 사람의 수업을 듣고 싶다. 그런 사람의 제자가 되고 싶다. 그런 마음이었다. 허영심을 채우고자 하는 욕구 그 이상은 아니었다. 그러나 그때는 간절했다. 인서울을 하기는 했지만 중위권대학이었다. 뭔가 모자랐다. 모자란 부분을 채울 수 있는 뭔가가 필요했다. 그가 쓴 소설을 실제로 읽어보지는 않았어도 명성을 모르는 이는 거의 없었다. 소설 같은 건 절대로 읽지 않는 우리 아빠도 그의 얼굴과 이름만큼은 정확히 알고 있었다. TV로 8시 뉴스를 보고 있던 아빠에게 들뜬 목소리로 이제 내가 그분의 제자라고 말했던 게 기억난다. 잔뜩 기대를 했었는데 막상 수업은 별로 인상 깊지 못했다. 고등학교 문학수업과 비슷했다. 차이가 있다면 객관식시험이 없는 정도. 이상문학상을 가장 많이 수상한 작가라는 것과 매년 학교 홍보영상에 빠지지 않고 등장하는 인물이라는 점 때문에 어쩌면 우리들의 기대치가 지나치게 높았던 탓일지도 모른다. 빠지려고 했다. 꼭 참석해야 하는 자리가 아닌 것

같았다. 카페라도 가서 오늘치 글을 쓰거나 차라리
기숙사로 가서 잠을 비축하는 게 더 나을 것 같았다.
하지만 학과 행정실에서 날아온 문자 때문에
포기해버렸다. 4학년생들은 필히 참석할 것. 학과장이
직접 출석 체크. 나는 도서관에 들러 시간을 때울
만한 적당한 책을 골랐다. 고등학생일 때, 그것도
3학년 시절에 두 번이나 읽어보았던 전민희의 《룬의
아이들: 윈터러》 1권과 2권. 이 정도면 2시간가량은
아주 간단해진다. 무겁고 진지하며 따분하고 엄숙한
분위기에는 판타지세계로 두껍고 견고한 보라색
방어막을 쳐야 한다.
수업이라기보단 기념식에 가까웠다. 그런 만큼 특별히
본관 맞은편 대강당, 메젠트 홀에서 열렸다. 기자들이
눈에 띄었다. KBS와 중앙일보, 경향신문 등 여러
방송국과 신문사에서 취재를 온 모양이었다. 특히
중앙일보는 노교수가 42년 전 그들이 만든 지면을 통해
데뷔한 만큼 기자들을 대대적으로 파견한 것 같았다.
취재용 차량도 제일 클 뿐만 아니라 임원만 이용할
법한 세단도 보였다. 동기를 만나서 같이 들어갔다.
그가 목베개를 들어보이길래 나는 품에 안고 있는

책이 무엇인지 보여줬다. 넓은 로비가 화환과 사람으로 가득 찼다. 단과대, 그러니까 예술대학 문학창작학과에 국한된 행사이긴 했지만 타과생들과 심지어 외부인에게도 열려 있었다. 그러고 보니 며칠 전부터 교내 게시판과 홈페이지에 공지가 떠 있었던 것 같기도 하다. 사람들은 일부러 시간을 내어 노교수의 마지막 수업을 들으러 왔다. 학생도 있었고 독자도 있었고 출판사관계자들도 있었다. 유독 사람들이 몰린 데에는 이유가 있다. 듣기론 학교에서 명예교수직을 제안했다고 하는데 그가 거절했다고 한다. 그러니 학교에서 하는 정식 수업은 오늘로 마지막인 셈이다. 사람들은 처음과 마지막을 소유하고 싶어 한다.
"이럴 줄 알았으면 안 오는 거였는데."
낯선 사람과 어깨가 부딪친 동기가 투덜댔다.
"완전 뻥이었어. 이런 데서 어떻게 일일이 출석을 부른다는 거니? 말도 안 돼."
"그냥 나갈까?"
"가자."
하지만 분위기라는 놈이 두 다리를 번쩍 벌리고 우람한 팔뚝을 보이며 팔짱을 낀 채 우리를 노려보고 있었다.

안으로 들어갔고 우리는 되도록 연단과 먼 쪽에 자리를
잡고 앉았다.
수업인지 기념식인지 정체가 불분명한 시간이
시작되었다, 총장이 축사를 했고 우리의 출석을
체크해야 할 학과장이 말쑥하게 양복을 입고 사회를
봤다. 이윽고 노교수가 연단에 섰다. 그의 왼쪽
가슴에는 노란 꽃이 꽂혀있었다. 난 아마도 그것이
유채꽃일 거라고 생각했다. 그의 등단작 제목이 바로
그 꽃이었으니까.
"말하자면 수미상관법인가?"
그렇게 중얼거리며 나는 동기 쪽으로 고개를 돌렸지만
동기는 도대체 혼자서 뭐라고 씨부리고 있는 거야라는
표정으로 날 향해 미간을 찌푸렸다. 노교수가 입을
열어 말을 하기 시작했으므로 나는 서둘러 방어막을
구축했다. 하드커버지를 넘기는 것만으로도 벌써 견고한
기운을 느낄 수 있었다. 보랏빛이 일렁이는 얇고 투명한
막이 몸을 감쌌다. 그 안에서 천천히 책장을 넘겼다.
그러다 문득 방어막에 이상이 생긴 사실을 깨달았다.
나는 주위를 둘러봤다. 동기는 입을 벌린 채 실실 웃고
있었다. 아마도 먹는 꿈을 꾸고 있는 게 틀림없었다.

보라색 방어막

다시 책을 읽어 내려갔지만 아무래도 집중이 되지
않았다. 방어막 어딘가에 심각한 균열이 일어난 게
분명했다. 깨진 틈새로 말소리가 민첩하게 비집고
들어오고 있었던 것이다. 결국 나는 노란 꽃을 가슴에
단 신사를 바라봤다.
"일단 대학을 가. 그다음엔 네가 하고 싶은 대로 해.
일단 등단을 해. 그다음엔 네가 쓰고 싶은 대로 써.
이 두 개가 너무 똑같다는 걸 일찌감치 깨달았습니다.
한 30년이 더 됐을 겁니다. 하지만 입 밖으로 꺼낼 수는
없었어요. 소설가에게는 무엇보다 자유가 중요해! 그
말을 수업시간에 할 수 없었던 것이 되돌아보면 몹시
후회로 남습니다. ……이 시간에 마지막으로 학생
여러분들께 전해드리고 싶은 말은 방법에 관해섭니다.
제 자신이 소설가이기에 소설의 경우를 예로 드는 걸
우선 이해해주십시오. 예술 전체로 범위를 확대해도
되지 않겠나, 하는 마음도 얼핏 들긴 하지만, 그래선
어쭙잖은 일이 되고 말 겁니다. 저는 오랫동안 소설
쓰는 일 한 가지에만 매달려왔으니까요. 여러분
소설가가 되는 방법은 다들 알고 있으리라 생각합니다.
우리는 말하지 않아도 압니다. 그게 어떤 것인지 말이죠.

전 그것 말고, 다른 방법에 대해 얘기하고자 합니다. 잘 알려지지 않은, 숨겨진 방법이라 일컬어도 좋겠습니다."
아마 그쯤에서 나는 책을 완전히 덮어버렸던 것 같다. 판타지소설을 무릎에 올려놓고 이상이 하는 말에 귀를 기울였다. 한마디로 자신 스스로 소설가가 되라는 것이었다. 남들에게 인정받는 것은 행복한 일이겠지만 그것만이 소설가가 되는 방법은 아닐 것이라는 얘기였다. 소설을 쓴다는 건 자유로운 삶을 향한 날갯짓이라는 표현도 있었다. 구식이긴 해도 마음에 들었다.
"일단 명예교수가 되어주십시오. 그다음엔 쓰고 싶으신 걸 마음껏 쓰시면 됩니다."
여기저기서 작게 웃음이 터졌다. 학과장도 미소 지었다.
"나는 사흘의 시간을 달라고 했습니다. 결정을 내리기 위함은 아니었습니다. 결심은 이미 확고했습니다. 단지 그렇게 하는 게 30년이 넘는 세월을 이 학교에서 봉직하게 해준 데에 대한 예의라고 생각했습니다. 사흘을 기다린 후 '아니요'라고 말했습니다. 긴말은 필요 없었어요. 그것으로 매듭이 지어졌지요. 그런데 이상하게 속에서 눈물이 나더랍니다. 창피한

얘기지만요. 왜 이제야 이 말을 할 수 있었나 하고
집으로 돌아가는 길에 곰곰이 생각해봤습니다. 가감
없이 말하면 좀 속상했습니다."
수업 후에 우린 밥을 먹으러 갔다. 수프와 돈까스를
먹었고 건너편 카페로 가서 커피를 주문했다. 푹신해
보이는 쪽으로 자리 잡고 앉았다.
"스터디에 들어와. 내가 추천할게. 너 글 잘 쓰는 거야
다들 알고 있으니까 모두 환영일 거야."하며 동기는
스터디의 중요성에 관해 말해주었다. 스터디를 했던
사람들이 전통적으로 신춘문예나 이름 있는 문예지에
당선되는 비율이 높다고도 덧붙였다. 그쯤은 나도 알고
있었다. 모를 리가 없었다. 난 4학년이었다.
"얼마나?"
동기는 시간을 좀 달라고 말한 나를 째려봤다.
"한 사흘?"
"웃기시네! 니가 이상이냐?"
"얼씨구. 다 들었나보네? 그럼 아까는 자는 척 했던
거야?"
됐고, 너 말고도 우리 스터디에 들어오고 싶어서 안달인
애들이 얼마나 많은 줄 알기나 하는 거니? 그렇게

쏘아붙이고는 오늘 밤까진 무조건 연락을 달라했다.
우린 한참 수다를 떨다가 남은 커피를 각자 손에 들고
대강당 앞에서 헤어졌다. 동기는 가고 난 제자리에
서 있었다. 사람들이 스치듯이 옆을 지나갔다. 계속
머물러있을 수는 없으므로 앞으로 가긴 가야겠는데
방향을 잡는 게 어려웠다. 난 가느다란 빨간 전선과 파란
전선 하나가 서로 뒤바뀌어 끼어진 로봇처럼 어디로도
걸음을 내딛지 못했다. 어디로 가는 게 좋을지 좀처럼
머릿속에 떠오르지 않았다. 제자리에서 식어버린 커피만
몇 모금 홀짝거리다 문득 뒤를 돌아봤다.

카아츠가(슬래쉬)는 말했다

지금까지의 연구를 종합해볼 때, 광활한 우주 어딘가에는 또 하나의 생명체가 살고 있을지도 모른다는 게 개인적인 소견이다.
- 소장님, 수신입니다.
카아츠가 말했다.
그의 눈을 쳐다봤다. 또 그러고 말았다. 나도 모르게 말이다. 섬뜩했지만 다행히 미소까지 잃어버리진 않았다. 나는 어서 눈을 다른 쪽으로 돌렸다. 되도록 눈을 마주치지 않으려고 상당히 주의하고 있지만 뜻대로 잘 되지 않을 때가 있다. 금방같이 갑자기 얘길 하면

부지불식간에 그쪽으로 눈길이 향하게 되는 것이다.
나는 그의 어깨를 가볍게 두드리면서 말했다.
- 전방을 주시해주게.
그러곤 수신된 메시지를 읽었다. 학회참석 일정이었다.
그나저나 이제는 적응이 될 때도 된 게 아닐까, 하지만
아직 먼 것 같다. 1000년쯤은 더 지나야 하는 걸까. 하긴
이제 겨우 300년 남짓이다. 그와 함께 한 시간이 말이다.
그는 눈이 둘 달린 돌연변이다. 나는 가끔 그의 얼굴을
보며 외계인을 머릿속에서 그려본다. 눈이 둘 달리고,
손이 두 개인 괴물체. 설마 다리마저도 둘은 아니겠지?
그런 상상을 할 적마다 난 그에게 미안해진다. 하지만
그는 이미 알 것이다. 내가 그런 상상을 하고 있음을.
언젠가 평소 친분이 있던 영화감독으로부터 외계인의
형상에 관한 어드바이스를 부탁 받았던 적이 있었는데,
나는 고민 끝에 카아츠의 얼굴을 몰래 참고했다.
그 사실을 까맣게 잊고 지내다 5년쯤 지나서 그
감독친구로부터 연락이 왔다. 작품이 투자를 받게
되어서 곧 개봉한다는 소식이었다. 나는 축하해줬지만
한편으론 불안했다.
개봉을 앞둔 시점에서 우리 둘은 나란히 시사회 초청을

받았다. 나는 감독에게 수석연구원까지 한꺼번에 자리를
비우는 건 어렵다는 뜻을 밝혔지만 그는 겨우 100시간도
못 내느냐고 핀잔을 주며 오히려 나를 난처하게
만들었다. 속 좁게 보이는 게 싫어, 하는 수없이 더는
얘길 꺼내지 못했다. 외부에선 그를 나의 분신과도 같은
존재 정도로 보고 있었고 나도 그 정도쯤은 알고 있었다.
단지 한 가지 바라는 것이 있다면 부디 나의 조언 같은
건 무시하고 감독이 자신만의 상상력을 십분 발휘하는
것이었다.

98시간짜리 장편영화였다. 확실히 요즘 트렌드에 비하면
꽤나 짧은 편이긴 했다. 본격적으로 영화가 시작되고
3시간쯤이 지나 이윽고 외계인이 나왔을 때 나는 감독이
나의 조언을 필요 이상으로 진지하게 받아들였음을
비로소 알게 되었다. 감독이 만들어낸 외계인은 5년 전
나의 조언에서 한 치도 비껴나가지 않은 모습이었다.
나는 속으로 감독에게 유감의 뜻을 전했다.

그날 우리 일행은 밖으로 나와 식사를 했다. 분위기는
화기애애했지만 나는 카아츠의 얼굴만 살폈다. 그가
내색하지는 않았지만 그게, 그러니까 영화 속에서
외계인으로 등장하는 눈이 둘 달린 괴물체가, 바로

자신의 모습을 딴 것이라는 걸 알아차렸음은 틀림이
없는 일이었다. 난 그게 좀 미안했다. 솔직히 말하면
이날 이때까지 두고두고 미안하다. 하지만 어쩌겠는가,
그는 우리 행성을 통틀어서 하나뿐인 두눈박이인 것을.
현재의 과학으로는 설명이 잘 되지 않는 것이라고
학자들은 하나같이 얘기한다.
돌아가면 또 학회에 참석해야 한다. 맨날 받는 뻔한
질문. 박사님, 외계인은 정말 존재하는 것입니까? 난들
어떻게 아나. 그걸 알면 매일 우주를 헤매고 다닐 이유도
없겠지. 후우우. 학회 일만 떠올려도 한숨이 나온다.
나는 창밖을 바라봤다. 탐험선이 속력을 높이고 있었다.
저 멀리 푸른 별이 나타났다. 점점 그쪽으로 다가간다.
결국 또 빈손으로 돌아오게 되었지만 마음은 돌아오려면
아직 멀었다. 아니, 돌아오지 않을 것이다. 혼자 빙빙
이곳저곳을 떠돌고 다니다가 완전히 지치면 어느 한
곳에서 꼼짝없이 대기할 테지. 내가 다시 건지러
올 때까지. 언제나 그래왔던 것처럼. 다음번엔 좀 더
먼 곳으로 나가보기로 다짐한다.
- 소장님, 수신입니다.
카아츠는 말했다.

카아츠가(슬래쉬)는 말했다

내 성기는 너무 무겁다

가게 문 앞에 어떤 여자가 서 있었다. 좀더 구체적으로 표현해보자면 종종걸음으로 제자리에서 서성거리고 있었다. 약간 오줌이 마려운 사람처럼. 뾰족한 구두굽이 딱딱한 시멘트바닥을 콩콩콩콩 쉴 새 없이 찍어댄다. 화장실을 찾아서 무작정 가까운 건물 안으로 들어왔는지도 모른다. 불빛이 약한 복도에, 간판이 붙어 있지 않은 내 가게를 어쩌면 화장실이라고 착각했을지도 모르는 일이다. 충분히 그럴 수 있다. 이미 몇 번의 경험이 있다. 손목시계를 들여다봤다. 이제 겨우 2시였다. 아무튼 이렇게 이른 시간부터 손님이 올 리는

없다고 생각하면서도 혹시나 하는 마음에 일단 평소처럼
인사했다.
"안녕하세요."
"안녕하세요."
여자는 꼭 은행에서 일하는 사람들이 입을 것 같은
유니폼 차림을 하고 있다. 상의는 네이비 컬러의
블라우스고 하의는 옅은 아이보리 느낌의 코튼 스커트.
선은 정확하게 무릎 위까지였다. 그다지 튀지 않고
심플한 도트 패턴의 실크 스카프를 목에 둘렀다.
어떻게 보니 항공사 승무원 같기도 하다.
예쁜 미소를 가지고 있다. 웃을 때 입이 활짝 열려서
치아가, 특히 윗니는 거의 어금니부근까지 보인다.
나 같은 사람에게 그렇게까지 미소를 지어줄 필요는
없을 텐데. 일종의 직업병 같은 게 아닐까.
문을 열고 안으로 들어갔다. 나만 들어왔다.
"들어오세요."
"저어."
망설이는 것같이 보였다. 발은 문턱을 채 넘어오지
않은 상태였다. 짧은 순간이었지만 이유는 대강 두
가지로 짐작할 수 있었다. 첫째는 화장실이 원래

목적이었으므로. 둘째는 맘먹고 이곳까지 찾아오기는
했지만 막상 평소에 쉽게 접하지 못한 물건들로
빼곡히 들어찬 공간에 들어오려고 하니 도저히 엄두가
안 나므로.
"화장실 좀 먼저 사용할 수 있을까요?"
2층에 있다고 가르쳐주면서 벽에 걸어놓은 열쇠를
건넸다.
여자가 아래층으로 내려간 사이, 창문을 열어
환기를 시키고 음악을 틀었다. 냉장고에서 생수병을
꺼내 커피포트에 적당량을 부었다. 찬장선반에서
인스턴트커피스틱을 하나 빼서 뜯었다. 오늘은 스누피가
그려진 머그컵을 골랐다. 개집 지붕에 벌렁 누워있는
그림이었다. 그런데 가만 생각해보니 어제도 이걸
고른 것 같다.
호호 불면서 뜨거운 커피를 마시며 랩탑으로 입고할
물품목록을 작성했다. 딜도(울트라슈퍼빅, 딸기케익맛),
딜도(도깨비방망이, 카라멜마끼아토마카롱맛),
딜도(코브라뱀, 열대우림코코넛맛), 딜도(바나나,
바나나우유맛), 딜도(송이버섯, 아기분유맛). 여기까지
써넣었을 때 찰랑찰랑 하는 종소리가 울렸다.

소리가 난 쪽으로 고개를 들었다. 여자가 문을 밀고
실내로 들어오고 있었다. 신중하고 조심스러운 발걸음.
굽이 상당한 구두를 신었는데도 아주 작은 소리밖에
들리지 않는다.
"거기 아무데나 두시면 돼요."
난 여자가 서 있는 쪽과 가장 가까운 테이블을 가리켰다.
"점심시간이 다 돼서…… 내일 꼭 다시 올게요."
미소가 예쁜 여자가 말했다.
비록 여자에 비하면 볼품이 없긴 하나 나 나름대로 미소
같은 걸 만들어 보여주었다. 솔직히 말해서 기분은 전혀
나쁘지 않았다. 그냥 오늘의 해프닝, 투데이 에피소드
같은 거였다고 생각하면 될 일이다. 이런 게 매일
모인다면 인생이 시트콤 같아서 꽤나 즐거워질 텐데.
여자는 열쇠를 놓아둔 테이블 위에 진열된 딜도 몇 개를
만지작거리며 이리저리 살피다가 문을 열고 밖으로
나갔다.
"근데, 오픈이 1시가 아닌가요?"
고개만 쏙 내놓고 여자는 내게 물었고 난 조금
화끈거리는 얼굴로 맞아요, 맞아요, 평일은 한 시가
오픈시간이에요, 라고 대답했다. 여자가 돌아가고

나서는 여느 때처럼 오후 6시가 될 때까진 입고할
물건들을 주문하는 일과 재고조사를 하였고 그 이후부터
퇴근시간까진 손님들을 맞이했다. 사람으로 붐비는
타임에는 되도록 계산과 포장 외엔 별일 하지 않으려고
하지만 사실 카운터에 가만히 서 있는 것만으로도
꽤나 고된 노동이 된다.
전등 스위치를 내렸다. 출입문을 잠그기 전에 내일은
반드시 정시에 출근해야지, 하며 각오를 단단히 다졌다.
성기는 가게에 떼놓고 가기로 했다. 홀가분한 몸으로
퇴근하고 싶었다. 내 성기는 너무 무겁다. 항상 그런
거는 아니지만, 그래서 가끔은 가게에 두고 집에 간다.
건물 밖으로 나와 곧장 공중으로 점프했다. 반쯤 감긴
눈으로 하늘을 날았다.
날짜가 바뀌었고 어제와 비슷한 태양이 또다시 별들을
가렸다.
가게 문 앞에 그 여자가 서 있었다. 미소가 예뻤던 여자.
"빨리 오려고 했는데."하고 나는 주섬주섬 변명을
늘어놓았다. 빈 호주머니를 뒤적거리는 기분이었다.
"괜찮아요. 방금 왔어요."
어제 보았던 그 미소였다. 왠지 안심이 되었다. 그건

그렇고 인간의 습관이라는 건 마음을 아무리 단단히
먹어도 그렇게 간단히 바뀌는 건 아닌 게 확실하다.
오픈하자마자 손님이 가게 안으로 들어와 물건을 고르기
위해 이곳저곳을 돌아다니는 건 처음 겪는 일이다.
한 번도 이런 적이 없었다. 정신이 아찔해지며 무엇을
먼저 해야 할지 혼란이 되었다. 평소 같으면 커피를
마시며 입고주문을 하고, 아니 그 전에 일단 음악을
틀고, 아니다, 맨 처음에 환기부터 시키고…….
어쨌거나 내 자신은 카운터를 지키는 중이었다.
여자는 딜도가 진열된 테이블에 주로 머물렀다.
아무래도 그쪽에 관심이 가는 모양이었다. 브랜드별로
길이와 굵기가 다르고 모양도 제각각인 그것들을 하나씩
손에 쥐어보고 코끝에 갖다 대어 냄새를 맡아보고
있었다. 아주 마음에 드는 건 내 눈치를 보며 몰래 혀로
살짝 맛도 보는 것 같았다.
"한번 해봐도 되나요?"
내 쪽으로 커다란 딜도 하나를 들어보였다. 한 손만으론
힘에 부치는 것인지 양손으로 붙들고 있었다. 여자가
고른 건 내 몸이었다. 어젯밤에 무거워서 떼어놓고 간
나의 성기.

내 성기는 너무 무겁다

"안 될 건 없지만 그건 파는 상품이 아니에요."
"안에 콘돔 있죠?"
작게 웅얼거린 내 목소리를 못들은 것인지 예쁜 미소를 가진 여자는 딜도를 가슴에 끌어안고 피팅룸으로 들어가버렸다.

줄

"30분 정도 남았네요."
가슴에 STAFF 목걸이를 걸고 있는 여자가 미소 지으며 대답해주었다. 이번엔 하얀색 반팔 티셔츠였다.
"너무 빨리 왔나봐."
시간을 물어보았던 여자는 일행을 돌아보며 미안한 표정을 지었다. 아무래도 줄을 서도록 만든 게 마음에 걸리는 모양이다. 아마도 본인이 주도를 했거나, 최소한 일찍 가야한다며 재촉을 했던 것이겠지. 나는 주위를 한번 둘러봤다. 대략 사, 오십 명쯤. 어쩌면 더 될지도 모르겠다. 길게 줄을 선 사람들은 핸드폰을 보거나 옆

사람과 얘기를 하거나 아니면 그 두 가지를 동시에 하고
있다. 전부 오픈만을 기다리는 중이다. 척 보면 한눈에
알 수 있다. 어느 누구도 내 쪽을 보고 있지는 않았다.
단 한 사람만 빼고.
163.3센티미터의 키, 아식스 운동화, 양말은 신지 않음,
머리를 양 갈래로 묶고 립스틱 같은 기본적인 화장만
한 얼굴, 동그랗고 가늘며 안이 뻥 뚫린 큼지막한
귀걸이를 했지만 그 밖에 반지나 팔찌 같은 액세서리는
미착용, 어떤 매니큐어도 바르지 않은 손가락, 그래도
반짝거린다. 짧게 다듬은 손톱. 군데군데 찢어지고
물 빠진 청바지에 흰색 반팔 티셔츠. 그 정도가 내가
여자에 대해 아는 전부다. 아, 스텝으로 일하는 중이라는
것과 온종일 듣고 싶게 만드는 목소리까지. 그만이
나를 향해 서 있다. 가끔 눈이 마주친 것 같기도 한데
아마도 착각을 하는 것이겠지.
어디선가 바람이 나타났다. 줄을 선 사람들이
있는 곳에 이르자 치마가 공중에 솟구치고 때론
아예 뒤집혀버렸고, 한 올까지 철저히 계산되었을
헤어스타일이 마구 헝클어졌다. 양손으로 치마를
가라앉히고 원래대로 머리카락을 쓸어 넘겨도

그때뿐이었다. 바람은 좀처럼 잠잠해지지 않았다.
사람들은 당황해했고 맨 앞줄에 있는 여자 일행 역시
몹시 불쾌한 듯했다. 바람은 내 주위에서 뱅뱅 맴돌았다.
- 인상 좀 펴.
- 넌 줄 알았어.
- 안 반갑나 보네? 난 반가운데.
- 유치한 장난은 이제 그만할 때도 된 거 아냐?
- 또 왔네.
- 누가 할 소리.
- 내가 보고 싶어서 왔니?
- 그렇다고 해두자.
- 오오, 부쩍 어른스러워졌는데?
- 너는 언제쯤 철들래?
작년에는 노을 진 바다를 닮은 보라색으로 티를 맞춰
입고서 입구에 줄을 선 사람들을 마주보며 서 있었던
여자와 손목시계를 쉴 새 없이 들여다보는 맨 앞줄의
여자 사이를 통과하려는 바람을 손으로 가로막았다.
- 이제 그만 좀 돌아. 정신 사나우니까.
벽에 부착된 포스터로 눈길을 돌렸다.
프롬더메이커즈4 - 부산아트북페어. 현대미술과

줄

타이포그래피가 결합된 심플하고 독특한 디자인의
포스터. 줄이 막 만들어지기 시작했을 즈음,
여자가 옆구리에 둘둘 말은 포스터뭉치들을 낀 채
스카치테이프로 벽면에 여러 장을 나란히 붙이는 걸
지켜보았다. 한 장 뜯어내서 훔치고 싶은 마음이 든다.
꿈이 아니었다는 걸 증명해보이고 싶다. 하지만 정말
그랬다가 걸리기라도 하면……
- 훔쳐!
- 영원히 사라지는 걸 보고 싶은 거니?
- 겁쟁이.
- 그럼 네게 있는 용기를 보여줘,
- 못 할 줄 아나보네?
- 그만하자. 시간 아까우니까.
건물을 찬찬하게 구경했다. 여기가 이틀간 내가 머물게
될 공간이다. 작년에 처음 왔었고 올해가 두 번째다.
원래는 한 곳에 연속해서 오는 건 규정에 어긋나는
일이지만 사람으로 태어나는 순번을 맨 끝으로 되돌리는
조건으로 특별히 허락을 받았다. 갔던 데를 또 가는
게 동료들 사이에선 꽤나 화제가 되었던 모양이다.
불공평하다는 얘기가 주를 이뤘다는 걸 이곳에 오기

직전 누군가 귀띔해줬다. 분위기가 별로 좋지 않다는 말도 덧붙였다. 아무 말도 하지 않고 떠났다. 만일 내가 어떤 조건을 내걸었는지 알았다면 분위기가 전혀 달라졌을 텐데.

- 누군지 알겠다. 이 사람이지?

바람이 흰색 티셔츠 여자 쪽으로 입김을 불었다.

- 그 정도로 가치가 있었던 거니? 그런 말도 안 되는 조건을 내걸 만큼? 고작 백년 정도 밖에 안 남았던 거 아니야?

- 무슨 상관이야.

- 바보 같이.

- 그러는 넌? 너도 규정을 어긴 것 아냐?

- 아는 체는. 아무것도 모르면서.

- 궁금해. 왜 또 온 거야?

- 빨리도 묻는다.

바람은 대답 대신 빙그르르 돌면서 포스터가 부착된 벽으로 다가갔다. 미처 말릴 새도 없이 종이 포스터를 홱 낚아채버렸다.

- 어쩌려고 그래?

- 받아. 겁쟁이에게 주는 용사의 선물이야.

줄

- 미쳤어?
- 좀 미치면 안 되니?

내 발밑으로 그것을 툭 떨어뜨렸다.

- 줄.

날 불렀다.

- 다음에 또 봐.
- 기다려!

바람이 사라졌다. 붙잡으려고 내가 손을 뻗었지만
이미 가버리고 난 다음이었다. 사람들은 방금 전까지
자신을 괴롭히던 바람 따윈 까마득하게 잊어버렸다.
이윽고 오픈 시간이 되었고 맨 앞줄에 서 있는 여자
일행부터 차례대로 건물 안으로 들어갔다. 줄은 빠르게
줄어들었다.

구덩이 탈출

고개를 크게 꺾어 머리 위를 보았다. 작은 구멍이 하나 있었다. 그 구멍으로 밖이 보였다. 너무 작은 구멍이어서 밖에 보이는 것이 하늘인지, 밤하늘인지, 아니면 다른 무엇인지 제대로 알아보기 힘들었다. 정말 밖인지도 확신이 들지 않았지만 색깔은 확실히 달랐다. 이곳처럼 완전하게 검지는 않았던 것이다.
- 우선 저곳으로 나가는 게 좋겠어.
주위를 둘러봤지만 아무것도 보이지 않았다. 양손으로 이리저리 더듬어봤지만 역시 아무것도 잡히는 게 없었다.

- 사다리.

난 사다리를 떠올렸다.

- 사다리 같은 게 있다면 어떻게든 해볼 텐데.

그때 아주 밝은 빛이 다가왔다. 난 처음엔 그게 반딧불인줄 알았다. 하지만 눈앞까지 가까이 왔을 때 난 그것의 정체를 비로소 깨달았다. 저절로 팅커벨을 떠올리게 하는 귀여운 요정. 연두색 잎사귀로 만든 옷을 입고 있었다. 민소매에 짧은 치마. 새끼손가락 한 마디만한 사이즈였다. 잠자리 날개를 닮은 네 개의 투명한 막으로는 공중에서 휙휙 날갯짓했다. 숨을 참으면 작게 날갯소리가 들렸다.

- 너는 누구니?

요정이 물었다.

- 나는 정선엽이야.

- 아휴. 누가 따분하게 이름 같은 걸 물었어?

- 그럼?

- 네가 누구냐고!

요정은 짜증이 난 듯했지만 나는 어리둥절하기만 했다. 이름을 말했으면 됐지 또 뭘 말하라는 건가.

- 혹시 어디에서 왔는지 묻는 거야? 아니면 직업?

내 말에 요정은 어깨를 으쓱 들어 올렸다 내렸다.
- 됐어. 모르면 어쩔 수 없지. 멍청한 표정은 그만 짓고 사다리나 선택하도록 해.
- 어떻게 선택하라는 거야? 여긴 아무것도 없는데.
- 맞아. 지금은 없지. 하지만 이제부터 만들면 돼.
- 직접 만든다고?
- 간단해.
- 사다리를?
요정이 고개를 끄덕였다.
- 근데 넌 쓸데없는 말이 너무 많구나.
그는 팔짱을 끼며 짧게 한숨을 내셨다. 일일이 대꾸해주는 것이 귀찮은 게 분명했다. 자신감이 넘치다 못해 우월감에 차있고 남을 깔보는 듯한 얼굴을 하고 있어서 그렇지 실제론 나이가 그리 많아 보이진 않았다. 오히려 앳돼 보이는 구석이 있었다. 인간의 나이로 친다면 이제 고등학교를 졸업하고 사회에 첫발을 내놓은 정도. 나는 속으로, 그래봤자 사회초년생 주제에 만만한 상대를 만났다고 으스대며 까부는구나 싶었다. 자기는 얼마든지 하늘을 마음껏 날아다닐 수 있다 이거지. 전체적으로 아주 작을 뿐, 사람의 몸과 다르지 않았다.

구덩이 탈출

특히 가슴이 봉긋하고 허리가 잘록하며 골반라인이 또렷했다. 위아래 일체형으로 되어서 잎사귀원피스라고 부르는 게 적당할 것 같은 옷은 몹시 짤막한 편이었다. 이대로 팬티가 다 드러나는 게 아닐까 하는 생각이 들 정도였다. 너무 아슬아슬해서 마른침을 꿀꺽 삼키고 말았다. 어쩌면 그런 건 아예 안 입고 있을지도 모른다. 요정이 사는 세계에는 속옷 같은 건 존재하지 않을지도 모르는 일이니까. 만약 가능하다면, 나는 요정이 지금보다 좀 더 높은 지점에서 날아다니기를 바랐다.

- 무슨 상상을 하는 거야?

- 말하고 싶지 않아. 그건 내 자유니까.

- 이 변태!

- 모르는 소리. 변태 같은 건 이 세상에 없대.

- 누가 그래?

- 마광수가.

내 대답에 요정은 한심하다는 얼굴로 고개를 절레절레 흔들었다. 나도 지지 않고 더 세게 좌우로 고개를 흔들어보였다.

- 자신 있는 게 뭐니?

- 뭐?

- 저 꼭대기까지 높이 쌓아올릴 수 있을 만큼 전문적인 분야가 대체 뭐냐고.

요정이 턱으로 작은 구멍이 있는 쪽을 가리켰다. 난 잠시 그쪽을 보다가 다시금 요정이 있는 쪽으로 시선을 돌렸다.

- 그런 건 나한테 없을 텐데.
- 이제껏 글을 써왔던 것 아니야? 작가 아냐?
- 어떻게 알았어?
- 그럼 책을 많이 읽었을 거 아냐.
- 좀 읽긴 했어.
- 됐네. 책으로 해. 책으로 사다리를 만들라고.
- 근데 저렇게 높이 쌓을 수 있을 만큼 읽은 건 아닌 것 같은데.
- 그 정도로 책도 읽지 않고 글을 썼다는 얘기니? 그건 사기야.
- 그런가?
- 그래. 사기.
- 그러고 보니. 그런 것도 같다. 아, 맞아! 기억나.

백남준이 그랬어. 예술은 다 사기라고.

요정이 나를 빤히 쳐다보고 있었다.

구덩이 탈출

- 책으로 할 거야? 이젠 결정할 시간이야.
- 알겠어. 근데 질문이 하나 있어.
- 뭔데 또.
- 만화도 돼? 만화책 말야.
- 안 돼.

단호하게 말했다. 된다고 할 줄 알았는데, 난 좀 의아했다.

- 어째서?
- 만화는 그림이잖아.
- 글도 있어.
- 그건 조금 밖에 없잖아. 그림이 훨씬 커.
- 어쨌든 만화도 책인데? 만화책. 책이면 다 되는 거 아니었어?
- 책도 책 나름이지.
- 그렇다면 만화책 말고, 화보집은? 그리고 사진집은? 전시회 도록은? 그런 것들도 다 책이라는 형태로 된 것들인데?
- 흐음.

골똘히 생각하고 있는 게 분명했다. 고민하는 게 얼굴에 다 드러났다.

- 그러니까 기준이 그렇게까지 명확한 건 아니구나?
- 솔직히 좀 헷갈리긴 해. 내가 세운 기준이 아니니까.
- 자세한 건 누가 알고 있는데?
- 아마도 흙의 정령.
- 한번 물어봐주면 안 되겠니? 그런 것들도 다 되는지에 관해서.
- 그건 절대 안 돼.
- 왜?
- 질문 같은 건 금지되어 있으니까.
그냥 귀찮아서 거짓말을 지어내고 있는 것 같지는 않았다.
- 잘해봐. 난 볼일이 있어서 이만.
요정이 내게서 멀찍이 떨어졌다. 그러곤 더 높은 곳으로 날아올랐다. 나는 요정의 가랑이 쪽을 유심히 쳐다봤다.
- 기회는 딱 한 번뿐이야. 또 다른 사다리를 선택할 수는 없어.
그게 마지막으로 남긴 말이었다.

양 백 마리

우리는 또 화장실에서 만났다. 화장실은 우리가 주로
만남을 갖는 장소이다. 늘 붙어 다녀도 얼굴을 마주할
시간은 별로 없다. 꽤나 이상한 일인 셈이다. 화장실에
발을 들여놔야 비로소 안부도 물을 겸 쓰윽 하고 고개를
돌려 서로를 바라보게 된다.
"무슨 일 있어?"하고 녀석이 말했다.
"어라?"
"왜 아침부터 핏대를 세우고 그래?"
녀석이 피식 웃으며 대뜸 그런 식으로 지껄였을 때,
아마도 내 얼굴은 기가 차서 돌아버릴 노릇이라는

표정이었을 것이다.

"내가 할 소리. 너야말로 어째서 그러는 거야?"

나는 따지고 싶었다.

"내가 뭘?"

"고상한 척 좀 하지 마. 조금 전까지 아주 질펀하게 즐겨놓고."

"아아."

녀석은 내가 무슨 말을 하고 있는지 잘 아는 듯했다.

"너도 미련이 남는 모양이구나?"

녀석이 말했다. 거드름을 피우는 말투였다.

"나도 그래. 이렇게 끝나버리면 너무 허무해. 아마 오늘 하루 종일 생각나겠지. 손톱이 남아나지 않을 만큼. 하지만 어쩌겠어. 다시 돌아갈 수도 없는 노릇인 걸."

"확실해? 그곳으로 다시 돌아갈 수 없는 게?"하고 내가 물었다.

"내가 거짓말하는 거 봤니?"

"방법이 있을 수도 있잖아. 돌아갈 수 있는."

"그냥 단념하는 게 좋아. 정 아쉬우면 내가 직접해줄게."

녀석이 나를 쓰다듬었고 손 안에 넣고서 조금 흔들었다.

"손 치워!"

"내 실력 몰라? 이 정돈 간단히 해치워버릴 수 있다구. 너도 아주 만족할 거야."

"그래도 이런 식으론 싫어."

녀석은 손을 뗐다. 정 싫다면 하는 수 없다는 표정이었다. 혀를 날름거리며 머쓱해하는 녀석을 보고 있자니 난 좀 측은한 마음이 들었다. 녀석 나름대로는 나를 위한답시고 한 일이었다.

물론 녀석의 실력을 의심하는 건 아니었다. 녀석은 확실히 이 방면에 일가견이 있다. 마음만 먹으면 4분 안에, 아니 3분 안에도 나를 원래대로 돌아가게 만들 수 있을 것이다. 몸에서 힘을 빼고 말랑말랑해져 있는 상태로. 있는 듯 없는 듯 몹시 수줍은 모습으로. 하지만 내가 원하는 건 본능적인 욕구충족만이 아니다. 다른 뭔가가 있어야 한다. 그건 녀석과 나, 우리 둘 사이만으론 만들어낼 수 없다.

"한번 해보자. 돌아가자구."

내가 으쌰 하며 기합을 넣었다.

"늦었어."

"뭐든지 해본 다음에 그런 말을 해도 늦지 않아."

"보면 모르겠니? 완전히 정신이 말똥말똥해졌단 말야.

미적분을 풀어낼 수 있을 정도로."
"외줄타기가 가능할 정도니?"
"뭐, 주어진다면 못하라는 법은 없겠지."
"잘 됐네. 술 취한 것처럼 비틀비틀 거리면서 그곳까지 돌아가는 건 나도 원하지 않아. 맨 정신으로 또박또박 걸어가고 싶어."
"안 되는 건 안 돼. 한번 깨면 완전히 끝이야. 제발 미련 좀 버려."
"한 번만. 딱 한 번만."
녀석은 나를 물끄러미 쳐다볼 뿐 아무 말도 하지 않았다. 절반쯤 넘어온 것이다. 녀석은 내가 가장 잘 안다. 나는 지금이 절호의 기회라고 보았다.
"시도해보고 안 되면 바로 포기할게. 깨끗하게. 응?"
어휴, 하고 녀석은 한숨을 푹 내쉬었다.
"제발."
"알겠어. 딱 한 번만이야."
우리는 화장실에서 나와 침실로 도로 들어갔다. 이미 속옷까지 홀딱 벗은 상태였으니 더 벗을 옷 따윈 없었다. 창가로 가서 커튼을 이중으로 쳤다. 비집고 들어오려는 빛줄기를 최대한도로 막았다. 침대 끝에 걸터앉아 먼저

베개를 똑바로 놓았다. 그다음 거기에 머리를 반듯하게
대고 누웠다. 천장이 눈에 들어왔다.

"잠이 안 와."

"넌 너무 참을성이 모자란 게 탈이야. 우린 이제 방금
누웠어."

"짜증나."

"딱 양 백 마리까지만 세어보자."

"그럼 니가 하든가?"

녀석은 눈을 감았다. 하지만 짜증 섞인 얼굴은
그대로였다. 녀석이 홱 하며 이불을 목까지 끌어올려
덮었고 이내 나는 아무것도 볼 수 없게 되었다. 깜깜한
세상으로 변한 것이다. 오히려 난 좋았다. 녀석의 면상을
보지 않아도 돼서. 어둠 속에서 나는 가만히 수를
세었다. 양 한 마리, 하고.

양 두 마리, 양 세 마리, 양 네 마리, 양 다섯 마리,

양 여섯 마리, 양 일곱 마리, 양 여덟 마리, 양 아홉 마리,

양 열 마리, 양 열한 마리, 양 열두 마리, 양 열세 마리,

양 열네 마리, 양 열다섯 마리, 양 열여섯 마리,

양 열일곱 마리, 양 열여덟 마리, 양 열아홉 마리,

양 스무 마리, 양 스물한 마리, 양 스물두 마리,

양 스물세 마리, 양 스물네 마리, 양 스물다섯 마리,

양 스물여섯 마리, 양 스물일곱 마리, 양 스물여덟 마리,

양 스물아홉 마리, 양 서른 마리, 양 서른한 마리,

양 서른두 마리, 양 서른세 마리, 양 서른네 마리,

양 서른다섯 마리, 양 서른여섯 마리, 양 서른일곱 마리,

양 서른여덟 마리, 양 서른아홉 마리, 양 마흔 마리,

양 마흔한 마리, 양 마흔두 마리, 양 마흔세 마리,

양 마흔네 마리, 양 마흔다섯 마리, 양 마흔여섯 마리,

양 마흔일곱 마리, 양 마흔여덟 마리, 양 마흔아홉 마리,

양 쉰 마리, 양 쉰한 마리, 양 쉰두 마리,

양 쉰세 마리, 양 쉰네 마리, 양 쉰다섯 마리,

양 쉰여섯 마리, 양 쉰일곱 마리, 양 쉰여덟 마리,

양 쉰아홉 마리, 양 예순 마리, 양 예순한 마리,

양 예순두 마리, 양 예순세 마리, 양 예순네 마리,

양 예순다섯 마리, 양 예순여섯 마리, 양 예순일곱 마리,

양 예순여덟 마리, 양 예순아홉 마리, 양 일흔 마리,

양 일흔한 마리, 양 일흔두 마리, 양 일흔세 마리,

양 일흔네 마리, 양 일흔다섯 마리, 양 일흔여섯 마리,

양 일흔일곱 마리, 양 일흔여덟 마리, 양 일흔아홉 마리,

양 여든 마리, 양 여든한 마리, 양 여든두 마리,

양 백 마리

양 여든세 마리, 양 여든네 마리, 양 여든다섯 마리,
양 여든여섯 마리, 양 여든일곱 마리, 양 여든여덟 마리,
양 여든아홉 마리, 양 아흔 마리, 양 아흔한 마리,
양 아흔두 마리, 양 아흔세 마리, 양 아흔네 마리,
양 아흔다섯 마리, 양 아흔여섯 마리, 양 아흔일곱 마리,
양 아흔여덟 마리, 양 아흔아홉 마리.

주위를 둘러봤다. 어딘지 알 수 있었다.

'아까 그곳.'

난 숨죽여 주문을 외웠다.

"양 백 마리."

그 세계로 완전히 들어가기 위한 마지막 주문을.

◆ 앵무새 초프

학교에선 공부 잘하는 아이가 중요한 걸 차지한다.
선생님의 관심, 친구들의 인기. 좋아하는 아이의 호감.
공부가 딱히 싫은 건 아니었다. 단지 하고 싶은 마음이
생길 때에만 하고 싶었다. 어릴 적 초프는 학교에 자주
지각했다.
"앵무새 초프!"
초프는 앵무새라는 새를 잘 알았다. 적어도 어떤
식으로 소리를 내는지는 분명히 알고 있었다. 그래서
자신에게는 실은 어울리는 별명이 아니라고 여겼지만
일절 반박은 하지 않았다. 솔직히 별명을 받게 되어

내심 뿌듯했다. 아이들은 아무에게나 별명 같은 걸
만들어주지 않는다.
노래를 잘 불렀다. 다른 사람의 목소리를 따라하면
언제나 아이들이 책상 주위에 몰려들었다. 그럼 초프는
얼굴이 상기된 채 아이들의 요구를 하나씩 들어주었다.
고음이든 저음이든 여성의 음역대건 남성의 음역대건
가리지 않았다. 언제나 인기 있는 대중가요가 고정
레퍼토리였지만 아이들의 수만큼이나 요구사항은 매번
다 달랐다. 팝송도 있었고 트로트도 있었고 제이팝도
있었다. 가끔은 판소리나 재즈를 불러달라는 경우도
있었다. 《카르멘》, 《오페라의 유령》 같은 오페라를
취향으로 가진 아이들이 실제로 존재했다.
누가 들어도 감탄하는 실력이긴 했지만 그래도 본인만이
느끼는 부족한 부분은 늘 있을 수밖에 없었다. 그럴 때면
집으로 돌아가 방문을 걸어 잠그고서 자정이 될 때까지
연습했다. 실은 자정을 넘기기가 예사였고 밤을 새우는
적도 많았다. 방에서 나오는 경우는 화장실을 가거나
앵무새에게 모이를 주는 잠깐 외엔 없었다. 저녁밥은
연습에 방해가 되어서 아예 먹지 않았다. 아이들이 우와,
하며 놀라는 소리를 또 듣고 싶었다.

나중에는 노래를 부를 때만이 아니라 평소에 편안하게
주고받는 말도 다른 사람의 목소리를 흉내 내서 말했다.
수업 중 교사의 질문에는 미리 준비해둔 몇 개의
음성들 중 하나를 골라 대답했다. 아이들은 웃었고
교사는 어리둥절한 표정을 짓곤 했다. 갈수록 아이들은
자신들이 듣고 싶은 노래를 초프에게 요구하는 게
아니라, 초프가 어디까지 할 수 있나를 시험했다. 무조건
특이해 보이고 따라 하기가 무척 힘들 것 같은 목소리만
골라내는 식이었다. 초프는 알고 있었지만 그래도 안
하겠다는 얘긴 하지 않았다. 오히려 그럴수록 더 열심히
연습해서 아이들이 놀라게 만들어주었다.
초프가 자라서 천의 목소리를 가지게 된 건 아마 그
시절 때문이었을 것이다. 그의 노래를 한 번이라도 들은
사람들은 진심으로 감탄했다. 눈을 감고 들으면 정말 그
가수가 와 있는 것 같다며 말이다. 그랬지만 이상하게
경연대회나 오디션에선 번번이 탈락했다. 본선까진
매끄러웠지만 딱 거기까지였다. 대중가요, 오페라,
뮤지컬, 장르를 가리지 않았지만 결과는 한결 같았다.
"왜 몰라주는 걸까? 정말 잘할 수 있는데." 앵무새는
새장에서 초프를 향해 고개를 이리저리 갸웃거릴 뿐

아무런 소리를 내지 않았다. 잠자코 초프의 노래를
듣고 있을 뿐이었다. 몇 년째 같은 대회에 출전하는
걸 지켜보았던 한 심사위원이 어느 날 초프가 있는
대기실에 찾아왔다.
"지금은 심사위원으로서 당신을 찾아온 게 아닙니다."
그러나 그가 걸고 있는 목걸이엔 '심사위원'이라는
글자가 분명히 찍혀있었다. 초프도 그걸 의식했다.
"나는 예언자입니다. 앞날을 볼 수 있지요."
그는 자세하게 미래에 있을 일에 관해 얘기해주었다.
그날 집으로 돌아온 초프는 새장을 열어 앵무새를
꺼냈다. 양손으로 움켜진 상태에서 "노래 불러줘."라고
말했다. 앵무새는 어떤 목소리로 오늘 아침 초프가
연습했던 곡을 불렀다. 노래가 끝났을 때 초프는 신이 나
있었다. 미소로 얼굴이 환했다. "어머, 그건 내 목소리야.
왜 허락도 받지 않고 가져간 거니?" 초프는 앵무새에게
키스를 한 뒤에 머리 쪽부터 천천히 입 안에 집어넣었다.
날개를 힘차게 퍼덕였지만 소용없었다. 초프는 앵무새를
삼켰다.

질문들

그때 한 사람이 손을 들었고 사회자가 그를 지목했다.
"강호일보, 도미닉 류 기자입니다."
기자는 자신의 신분을 밝힌 다음 노인을 향해 고개를
숙여보였다. 단상에 선 노인 역시 살짝 고개를 숙였다.
"실례가 되지 않는다면 먼저 나이를 여쭈어도
괜찮을까요? 저희 쪽에 배포된 공식팸플릿에는
우승자의 약력뿐만 아니라 나이 같은 기초적인 정보조차
전혀 안 실려 있기 때문입니다."
"어떤 질문이든 괜찮긴 합니다만."
노인은 머뭇거렸다.

"솔직히 말씀드리면, 그런 건, 잘 기억이 나지 않습니다."

"대강이라도 상관없습니다."

"글쎄요. 자신 없군요."

"알겠습니다. 답변 감사합니다."하며 류는 짧게 한숨을 내쉬었다. 그러고선 혼잣말처럼 "나이를 기억을 못 한다……"라고 했다. 곳곳에 설치된 수십 대의 고성능스피커는 그의 작은 목소리를 이십만 명이 운집해있는 무도회장을 쩌렁쩌렁 울리도록 증폭시켰다. 관람객들이 웅성거렸다.

"그럼 간단한 질문을 드리겠습니다. 우승자의 소속, 그리고 어느 분에게서 사사하였는지 궁금합니다."

"그 점은 분명히 밝힐 수 있어요."

노인의 표정이 환해졌다.

"소속이 없습니다."

"그렇군요. 그리고요?"

류는 뭔가 잘못되었다는 걸 뚜렷이 느끼고 있었다. 질문자 류 뿐만이 아니었다. 모든 관계자들이 같은 생각이었다.

"근데, 그 사사라는 게 뭔지 잘"이라고 하면서

노인은 멋쩍게 웃었다.

"죄송합니다. 스승님이 누구신지에 관한 질문이었습니다."

"아!"

"이해가 되셨습니까?"

"물론입니다. 되었고말고요."

노인은 연신 고개를 끄덕였다.

"그런데 너무 많아요. 너무 많아서 일일이 다 얘기하기가 힘들 것 같은데요."

"수고스러우시겠지만 그래도 좀 부탁드리겠습니다."

류가 공손하게 말했다.

"허, 이것 참."

노인은 뭘 그런 걸 다 말하라고 하는지 모르겠다는 얼굴이었다.

"우선은 손오공 선생님이 있습니다. 아니, 그 전에 무천도사님이 계시는군요. 두 분 다음에는 크리링 선생님, 피콜로 선생님, 우마왕 선생님."

거기까지 말했을 때, 회장에는 숨죽여 웃는 소리가 가득했다. 그러거나 말거나 노인은 계속했다.

"야무치 선생님, 천진반 선생님, 차오즈 선생님,

질문들

베지터 선생님, 마인부우 선생님."

마인부우라는 이름이 나오자 더 이상은 참을 수 없다는
듯이 무도회 관계자들과 기자들은 마음 놓고 웃어댔다.
관람객들 중에는 따라서 웃는 경우도 있었고 그렇지
않은 경우도 있었다. 개중엔 오히려 인상을 쓰는
사람들도 있었다.

"저, 말씀 중에 죄송합니다만"이라고 하며 류가
끼어들었다.

"우승자는 그분들을 직접 만나보셨습니까?"

"농담이 지나치시군요. 그분들 중에 어느 누구도
지금까지 생존해계시진 않습니다. 저는 비기가 적혀있는
책으로 오랜 세월 동안 혼자서 연마했습니다."

"혹시 그 비기라는 게, 드래곤볼 만화책을 말씀하시는
겁니까?"

"젊은 선생께서도 보셨나 보군요."

기자회견은 그것으로 끝이 났다. 노인을 강제로
밀어내다시피 하며 시뻘겋게 달아오른 얼굴로 단상에
오른 대회장은 관람객들과 강호에 속한 모든 무도인들을
향해 이마가 바닥에 거의 닿을 정도로 사과를 먼저
한 뒤에 달달 떨리는 목소리로, 노인의 우승이 무효라고

선언했다. 노인은 덤덤한 표정으로 근두운을 부르더니
그 위에 폴짝 올라타고서 천하제일무도회장을
빠져나갔다.

◆ 합의

아내랑 병원에 갔다. 접수를 하기도 전에 벌써 후회가 되었다. 아무리 그래도 이런 곳에 오는 게 아니었어. 나는 아내에게만 들리도록 작게 말했다. 무척 짧은 치마를 입은 간호사 두 사람이 접수창구에 앉아 있었다. 창구데스크에 비해 의자가 높아서 그런지 마치 밤 10시면 하는 프로야구 하이라이트방송에 나오는 아나운서들 같았다. 아주 늘씬했다. 하의는 미니스커트라고 해도 이상하지 않을 정도였다. 한 사람은 맨살이었고 또 다른 한 사람은 검정색 스타킹이었다. 블랙이라고는 해도 속이 비쳤다. 난 둘

중 다리가 더 예쁜 간호사에게 이름과 주민등록번호
앞자리를 적은 접수증을 내밀었다.
대기실에는 우리와 같은 처지의 사람들이 제법
있었다. 물론 다른 이유 때문에 왔을 수도 있을 테지만,
아무래도 그런 것 같지는 않았다. 이쪽 계통으로 특화된
병원이었다. 오징어 맛집에 들어가서 아무도 문어를
찾지 않는다. 조용한 대기실에서 유독 소리가 나오는
쪽으로 고개를 드니 텔레비전 한 대가 보였다. 45인치쯤
되는 브라운관에선 익숙한 TV채널 대신 영화가 나오고
있었다. 국내영화가 아니었다. 제목은 도무지 알 수
없었고 자막도 별도로 나오지 않았다. 그렇지만 내용은
확실했다. 거의 백퍼센트 이해가 가능했다. 대부분이
베드신이었던 것이다. 자막 따윈 무용지물일 수밖에
없다. 영화는 수위가 높은 건 아니었다. 거칠게 섹스를
하기는 했지만 성기를 보여주지도 않았다. 아주 살짝은
음모가 보였던 것 같기도 했지만 삽입하는 장면들은
교묘하게 가려버렸다. 넓적다리를 그 부위를 가리는
데 사용하거나 아니면 남자의 엉덩이를 사용하는
식이었다. 개인적으론, 삽입하는 장면을 제거한 영화를
보는 일은 마치 오르가즘 직전에 사람들로 꽉 들어찬

버스에 올라타는 것과 같다고 생각한다. 평소 같으면
이 정도는 따분하다 못해 화가 났을 테지만 웬일인지
상당히 집중이 되었다. 입속에 고이는 침을 주기적으로
꿀꺽꿀꺽 삼키면서 집중했던 것이다. 나는 내 자신을
이해할 수 없었다. 나답지 않았다. 어쩌면 장소 탓일지도
모른다.
그런 것에 가만히 초점을 맞추고 보고 있자니 나도
모르게 발기를 해버렸다. 여기는 병원이고 또 옆에
아내도 있고 해서 이러면 안 될 것 같아 눈길을 다른
곳으로 돌려버렸다. 때마침 잡지가 여러 권 꽂혀
있는 게 보였고 숨도 돌릴 겸 그중에서 손이 닿는
대로 아무거나 집어 올렸다. 아무런 생각 없이 대강
중간쯤으로 펼쳤는데 해변에 나른하게 누워있는 전라의
여성이 나왔다. 한쪽 면도 아니라, 양쪽 면에 걸쳐서
말이다. 벌어진 두 다리 사이에서 붉은 조갯살 같은
성기가 돌출되어 있었다. 모자이크처리가 되어있지
않아서 시선이 닿는 순간 바로 이해할 수 있을 정도였다.
말끔하고 심플했다. 문득 아름다움은 심플한 것에서
나온다는 생각이 들었다. 대기실에서 기다린 지 약
50분쯤 지나 이름이 호명되었고 난 잡지를 접었다. 우린

진료실로 들어갔다. 그때까지도 발기가 가라앉을 기미가
없었기에 하는 수 없이 바지 안에서 성기가 잔뜩 위로
솟구친 상태로 의사와 마주할 수밖에 없었다. 딱딱하게
서 버리는 일이, 자위를 하려고 일부러 흔들어대는
경우가 물론 아니라면, 의지대로 되는 게 결코 아닌
것처럼 성기가 가라앉는 것도 마찬가지다. 아무리
애를 써도 쉽사리 가라앉힐 수는 없는 일이다. 오히려
신경을 쓰면 쓸수록 더 커지고 더 길게 지속될 뿐이다.
모르는 체 내버려두어 잠잠해지기만을 기다리든지
아니면 섹스나 자위를 통해 사정을 하는 수밖에는 없다.
의사가 나의 상태를 알아보았는지는 알 수 없는 일이다.
팬티를 내려서 보여주지는 않았으니까. 그러나 틀림없이
알아차렸을 것이다. 문을 열고 안으로 들어섰을 때 그
순간에 이미 벌써. 의사는 신체에 관한 한 전문가다. 난
의사의 눈을 똑바로 쳐다볼 수가 없었다.
의사는 정자를 채취하는 방식에 관해 설명을 했다.
친절하고 상냥했다. 하지만 그보단 의사의 각선미가
시선을 끌었다. 결코 창구에 있던 간호사들에게 뒤지지
않을 만큼 짧은 타이트한 스커트에서 쭉 뻗어져 나오는
두 다리는 좀 상투적인 표현이지만, 눈이 부셨다. 의사가

되지 못했다면 어쩌면 다리만 전문으로 하는 모델의 길을 걷지 않았을까 하는 생각이 들었다. 검사에 대해 얘기를 하는 동안에도 의사는 한쪽 손으로는 계속해서 자신의 가랑이 사이를 누르고 있었는데, 사실 충분히 그럴 만했다. 만약 그러지 않는다면 그대로 속옷이 노출될 만했으니까. 아내는 대기실로 돌아가 기다리기로 하였다.

창문이 나 있지 않은 방으로 안내 받았다. 나는 혼자서 방으로 들어갔고 문을 걸어 잠갔다. 안에서 걸어 잠근 것이다. 내가 다시금 문을 열지 않으면 누구도 들어올 수 없는 구조였다. 대체적으로 어두웠지만 천장에 할로겐 등이 두어 개 켜져 있어서 사물은 식별할 수 있었다. 조금 전에 의사가 알려준 지침대로 손부터 씻었다. 일차적으로 비누로 닦아 흐르는 물에 잘 씻어낸 다음, 완전히 건조되길 기다린 후에 손소독제를 한 번 더 뿌렸다. TV가 켜진 건 그때였다. 브라운관 주위가 밝아졌다. 나는 브라운관을 정면에서 마주하고 있는 소파에 등을 기댔다. 소파는 냄새가 좀 나긴 했지만 푹신했고 쿠션은 적당히 딱딱했다. 벨트를 끄른 다음 청바지를 무릎 아래까지 끌어내렸다. 팬티마저 내린 후에 매섭게 커져 있는 성기를 붙잡았다. 그러곤 조금씩 위아래로 흔들었다. 나는 머릿속을 비우고 동영상에 집중했다.

병원에서 틀어주는 동영상답게 효율적으로 편집되어 있었다. 말하자면 본론 혹은 절정부터 시작했다. 삽입장면부터였다. 두 사람이 처음 만나 간단히 인사를 주고받고 어색하게 미소 지으며 떨리는 손길로 겉옷과 속옷을 차례대로 벗긴 뒤에 살을 만지고 싶은 욕망을 꾹 참은 채 먼저 샤워를 하고, 그다음 조심스럽게 만지기 시작해서 서로의 몸을 서서히 달궈가는, 평범하지만 매우 소중한 일련의 과정이 모두 생략되어 있었다. 첫 장면부터 남자의 성기가 여자의 성기 속에 깊숙하게 들어갔던 것이다. 난 작게 한숨을 내쉬었다. 오히려 이때껏 발기해 있었던 성기가 풀죽은 듯이 추욱 가라앉고 말았다. 감정을 고조시키고 끝내 흥분을 이끌어내기 위해선 좀더 섬세해야 한다. 섹스를 할 때는 말할 것도 없고 자위를 할 적에도 마찬가지다. 음악으로 치면 전주가 필요한 것이다. 예열을 좋아하는 나로선 무척 당황스러운 동영상일 수밖에 없었다. 이 정도로 어떻게 자위를 하라는 거지? 하긴 하겠지만 오르가즘은 절대로 느낄 수 없을 거야. 사정을 해내는 건 절대로 불가능해. 난 의사에게 원망스러운 마음이 들었다. 이럴 줄 알았으면 아까 진료실에서 내 취향을 확실히 밝혀두었어야 했다.

성기를 붙잡고 진땀을 빼며 씨름하고 있을 때 노크소리가 들렸다. "잘 되고 계신가요?" 의사 목소리였다. "아아, 네에. 뭐 아직까진 그럭저럭입니다." 하고 나는 답했다. "혹시 다른 영상이 필요하세요? 원하시면 바꿔드릴 수 있습니다." 문 밖에서 의사가 말했다. "그럴 필요까진 없을 것 같아요." 난 문 밖에서 들을 수 있을 만큼 소리를 내었다. "아 그렇다면, 다행이에요. 실은, 벌써 한 시간이 지났거든요. 대개는 십오 분이면 되고 빠르신 분들은 십 분 안쪽도 가능하거든요. 그래서 무슨 문제가 생긴 게 아닐까 하고 염려가 되어서요."라고 의사가 말했다. 그러면서 그는 "잠시 들어가서 한번 봐도 될까요?"라고 하였다. "저만 들어갈 거예요."라는 말도 덧붙였다. 잠시 망설였지만 그는 엄연히 면허를 가진 비뇨기과 전문의였다. 나는 문을 열어주었고 의사는 방으로 들어와서 자신의 손으로 문을 잠갔다. 나는 자초지종을 얘기했다. 어떤 이유로 발기가 잘 되지 않는가에 관해서였다. 의사는 내 가랑이 사이에서 성기를 만지작거리며 난감한 표정을 지었다. 자신의 병원이 소장하고 있는 건 모두 삽입장면이 중점적으로 나오도록 편집한 것밖에는 없다는 것이었다. "하나, 다른 방법이 있긴 해요. 이쪽이 좀더 확실하긴 하죠." 의사는 내게 '다른 방법'에 관해 간략하게 들려주었고, 그 자리에서 그것을 시도해보기로 합의를 하였다. 전부 일 분이 채 걸리지 않았다. 합의를 마친 뒤부터는 손 대신에 입을 가져다댔다. 그러고선 입속에 성기를 집어넣고 빨았다. 시간이 아까운 것인지 의사는 두 가지 일을 동시에 했다. 혀로 귀두를 간지럽히듯이 건드리는 한편, 앉은 채로 골프웨어처럼 생긴 미니스커트를 허리 위쪽으로 바짝 끌어올렸다. 팬티는 입고 있지 않았다.

우린 섹스를 했다. 의사의 말이 맞았다. 이 방법이 확실히 효과가 있었다. 다시금 발기가 되었던 것이다. 비록 사무적인 태도로 일관하는 통에 어려움이 없지는 않았지만 극복하지 못할 것은 아니었다. 나는 오르가즘을 느낀 그 순간에 그의 성기에서 내 것을 빼내었다. 그러곤 투명한 비커에 정액을 쏟아냈다.

합의

엑셀 소나타 9번

연말마다 주어지는 업무는 응모자 명단을 작성하는
일이다. 단순해서 머리 쓸 일은 없지만 상당히 손이
많이 가는 작업이다. 봉투 겉면에 적혀 있는 이름과
원고지에 타이핑된 이름이 동일한지 확인한다. 같다면
그대로 엑셀에 입력하지만 만일 다르다면 응모자에게
전화를 걸어 어느 쪽이 정확한 이름인지 확인해야 한다.
조금 전에 전해들은 바로는, 올해는 3944편이 도착했다.
밖으로 나가서 담배를 한 대 피웠다. 들어오는 길에
커피를 한잔 테이크아웃 했다.
어느 것을 먼저 할까 잠시 고민한 후에

단편소설부문부터 하기로 결정했다. 사실 매번 그래왔다. 시는 너무 많아서 엄두가 나지 않고, 평론이나 동화는 또 너무 적어서 다 끝마쳐도 별로 했다는 티가 나지 않는다. 소설이 적당하다.

추려보니 899편이었다. 자정 전에 모두 마치기로 결심하고서 일을 시작했다. 모두 다 퇴근하고 불 꺼진 사무실에 책상에만 불을 켜놓고 나만 남아 일하는 건 장거리 달리기를 하는 것과 꽤나 비슷하다. 혼자서 한다는 점, 처음 얼마동안은 힘들다는 점, 하지만 어느 정도 궤도에 오르기만 하면 그때부턴 쾌감이라고 해도 될 법한 기분 좋은 흥분을 느낄 수 있다는 점이 그러하다. 러너스 하이가 있다면 워커스 하이도 존재하는 법일 테니까. 워커홀릭은 남들이 볼 때만 "어떻게 그러고 살아? 쯧쯧."하면서 안쓰럽지 정작 본인은 아주 즐겁다.

예상보다 진척이 빨랐다. 전화만 걸지 않아도 일에 속도가 붙는다. 절반쯤 마쳤을 때 나는 초조해지기 시작했다. 잘만하면 이대로 단 한 차례도 전화를 걸지 않은 상태로 끝마칠 수 있겠다는 생각이 들면서부터다. 5년간 단 한 번도 그랬던 적은 없다. 평론이나 동화

쪽에선 드물지 않지만 시나 단편소설에선 매해 꼭
몇 건은 생겼다. 겨우 몇 건에 불과하다고 할 수도
있겠지만 이게 얼마나 업무강도를 가중시키는
것인지 모른다. 응모자가 수화기를 들자마자 "이름이
뭡니까?"라고 단도직입적으로 물을 수가 없는 노릇이니
나에 대한 소개를 먼저 해야 하고 전화를 건 이유에 대해
말해야 한다. 상대방의 정확한 이름을 알게 된 다음에도
바로 끊어지는 경우는 많지 않고 경우에 따라선 올해
현황 혹은 경향에 대한 정보를 얻고자 하는 응모자의
연쇄적인 질문을 필사적으로 방어해야 하는 일도 생기고
만다. 그래도 그것들은 양호한 편이다. 최악은 아예
전화를 받지 않는 일이다. 그런 상황에선 별도로 메모를
해놨다가 틈이 날 적마다 다시금 연락을 시도해야 한다.
나는 잠시 작업을 중단한 뒤, 남은 봉투를 세어보았다.
하나, 둘, 셋, 넷,…… 모두 열한 개였다. 탁상시계에
눈길을 줬다. 11시 10분이었다. 호흡을 가다듬고 자판에
두 손을 올렸다. 손이 덜덜 떨렸다. 계속 오타가 났다.
프랑크, 프린스, 프란츠, 프란츠 카프카. 몇 자 쓰고
백스페이스, 또 몇 자 쓰고 백스페이스, 백스페이스.
그래도 쌓아놓은 봉투는 차곡차곡 비워지고 있었다.

간단한 이름도 있었고 틀리기 쉬운 이름도 있었다.
무라카미 하루키, 제인 오스틴, 호르헤 루이스 보르헤스,
김승옥, 어니스트 밀러 헤밍웨이, 프랑수아즈 사강,
헤르만 헤세, 밀란 쿤데라, 김영하.
마지막 남은 봉투를 열어 원고지를 꺼냈다. 응모자의
이름을 비롯해 신상에 관한 건 본문이 아닌 별지에
있었다. 나는 뛰는 가슴을 진정시키며 별지에 타이핑된
응모자 이름을 봉투에 있는 '보내는 사람'과 대조했다.
제발 일치하기를 바라면서. 프란시스, 프란시스.
그다음엔 스콧, 스콧. 다음은 키, 키. 피츠제럴드,
피츠제럴드!
믿을 수 없었다. 나는 두 팔을 번쩍 들고 주먹을
마구 흔들어댔다. 연락을 취해야 할 일이 단 한 건도
발생하지 않은 것이었다. 그리고 자정이 되려면 아직
멀었다. 살다보니 이런 일도 생기는구나, 하며 나는
가나다순으로 이름을 정렬시킨 후에 엑셀파일을
저장시켰다. 스탠드를 끄고서 콧노래를 부르며
퇴근했다. 손짓으로 택시를 불렀다. 차 한 대가 멈춰
섰다. 얼마 전에 출시된 검정색 신형 소나타였다.
마음에 들어서 48개월 할부로 살까말까 심각하게

고민해왔던 모델이었다. 마치 지금 한번 타보고서 결정을 내리라는 하늘의 뜻 같았다. 왠지 오늘은 모든 일이 술술 풀리는 것만 같다. 새것 같은 냄새를 풍기는 시트에 올라타자마자 친하게 지내는 동료기자에게 카톡을 날렸다.
- 어떤 일이 있었는지 알아? 상상도 할 수 없을 거야!
택시는 엄청난 속력으로 9번 국도를 질주했다.

27페이지

얼마 전에 서울 중구 프라자호텔에서 인터뷰가 있었다.
두 달쯤 되었나? 까먹고 있었는데 방금 매니저가
내 인터뷰가 실린 잡지를 한 부 던져줘서 기억났다.
27페이지부터야, 라고 하면서. 이게 언제 나왔느냐고
물었더니 어제 나왔단다. 원래 말이 많은 편은
아니지만 그래도 너무 단답형이었고 말투도 왠지 좀
퉁명스러웠다. 평소 같지 않았다. 무슨 일이 있느냐고
묻고 싶었지만 관뒀다. 나도 가끔 그럴 때가 있으니까.
누구나 그럴 때가 있는 것이다. 아무튼 얼굴이 어떻게
나왔나 볼 겸 쓱 들췄다. 입술이 너무 붉게 나온 것만

빼면 나쁘지 않았다. 질리도록 보던 얼굴이었다. 당장은
딱히 할 일도 없었으므로 대화문으로 구성된 인터뷰를
조금 읽어보긴 했다. 그렇다고 내용을 일일이 보지는
않았다. 어차피 아마도 전부 내가 말한 것일 테니까.
관심이 가는 건 타이포그래피였다. 어떤 폰트를
사용했는지, 글자와 글자의 간격, 열과 열의 간격
그리고 사진과 텍스트의 배치 등에 관한 것이었다.
디자인이라고 봐도 된다. 볼 만큼 보고서는 잡지를
덮어버리고 TV를 틀었다. 음악방송으로 채널을 돌렸다.
엠씨 더 맥스 뮤직비디오가 나오고 있었다. 「잠시만
안녕」이라는 곡이었다. 난 잠시 가사와 멜로디를
흥얼거렸다.
"아차!"
내가 소리를 지르자 매니저가 돌아봤다.
"중요한 걸 빼먹었어."
"뭔데?"
"요즘 내가 타이포그래피 디자인에 관심이 있잖아.
근데, 이걸 말 안 했네."
"좀 하지 그랬니? 그럼 그런 얘기까진 듣지 않았을
텐데."

그러면서 매니저는 잡지를 구독한 독자들의 반응을 알려줬다.

"그걸 왜 이제야 말해?"

얼굴이 붉어진 걸 스스로도 알아차릴 수 있었다. 화끈거리다 못해 아팠다.

"말해봤자 인터뷰를 또 할 수는 없어."

"그렇긴 해도."

나는 왠지 억울한 기분이 들었지만 매니저 말이 틀린 건 아니었다. 인터뷰를 괜히 했다는 생각만 들었다. 아니면 너무 솔직하게 말해버린 걸까? 27페이지를 도로 펼쳤다. 제3자의 입장이 되어 한번 읽어보기로 했다. 머릿속에 새로운 공기가 들어가도록 심호흡을 먼저 여러 번 했다. 그것만으로도 불충분해 아예 창문을 열어서 공기가 들어오도록 만들었다. 자정이 넘은 밤중의 공기였다. 횡단보도 신호등이 빨간색에서 초록색으로 바뀌었다. 이제는 때가 되었어, 라는 직감이 들었고, 그래서 지체하지 않고 읽어나가기 시작했다. 'Your favorite'이라는 제목이 달린 인터뷰였다.

- 가장 좋아하는 노래는?

아무로 나미에

- 가장 좋아하는 작가는?

히가시노 게이고

- 가장 좋아하는 인물은?

안도 다다오

- 가장 좋아하는 악기연주자는?

유키 구라모토

- 가장 좋아하는 여행지는?

교토

- 가장 좋아하는 음식은?

라멘

- 가장 좋아하는 운동은?

검도

- 가장 좋아하는 만화는?

고독한 미식가

- 가장 좋아하는 드라마는?

심야식당

- 가장 좋아하는 게임은?

슈퍼마리오

- 가장 좋아하는 애니메이션은?

이웃집 토토로

- 가장 좋아하는 자동차는?

혼다

- 가장 좋아하는 시계는?

카시오 G-SHOCK

- 가장 좋아하는 의류 브랜드는?

유니클로

여기까지 읽었을 때 나도 모르게 욕설이 튀어나왔다.

나는 내 자신이 내뱉은 말에 심히 놀라고 말았는데,

독자들의 일관된 반응과 똑같았던 것이다.

나는 매니저가 있는 쪽으로 고개를 돌렸다. 우린 눈이 마주쳤다.

"아까 나도 그랬어."

매니저가 덤덤하게 말하며 TV리모컨을 들었다.

채널이 돌아갔다.

많이 안아줘

"집에 가서 자. 힘들어도."
말은 그렇게 하면서도 오히려 내 품을 깊숙이
파고들었다.
"가라는 거니? 아님 그냥 될 대로 되라는 거니?"
"빨리 꺼져버려."
유나는 작아진 성기를 붙잡아 자신의 가랑이에 넣고
비볐다.
"소용없어. 이젠 나도 나이를 먹었어."
"너무 슬퍼."
기분 좋은 열기를 느꼈지만 발기는 되지 않았다.

유나는 입속에 넣고 쪽쪽 빨기도 하고 자위를 대신
해주기라도 하는 양 위아래로 빠르게 흔들기도 했다.
"세 번인가 두 번도 가능했었잖아. 얼마 전까지만
해도."하고 유나가 볼멘소리를 했다.
"도대체 언제 적을 말하는 거니? 그 얼마 전이라는
세월은."
"한 3년 전?"
"안타깝지만 그때도 한 번이었단다."
"그럼 5년 전?"
"우리가 처음 만났던 해 말고는 연달아 두 번을
했던 적은 없어."
"거짓말. 말도 안 돼."
진심으로 믿지 못하겠다는 말투였다.
"그럼 그게 10년 전 얘기란 말이니?"
"넌 기억력이 별로 좋은 편은 못 되는 거 같아."
"몰라. 지금 그런 게 중요해?"
그러면서 성기를 세게 움켜쥐었다.
아야! 하면서 난 소리를 질렀다. "엄살 피우지
마!"하면서 유나는 젖꼭지를 이빨로 깨물었다.
내가 침대에서 몸을 일으켜 샤워를 하고 담배를 피우는

동안 유나는 침대에 엎드려 엉덩이를 내놓은 채 가만히
내 쪽을 보고만 있었다.

"많이 안아줘?"

"뭐?"

난 유나의 질문을 이해하지 못했다. 아니, 이상한
말이라고 여겼다. 손목에 향수를 뿌린 뒤에 셔츠를 입고
넥타이를 목덜미에 둘렀다.

"아내?"하고 내가 슬쩍 확인했다.

"아니. 유나."

매듭은 거울을 보면서 했다. 한쪽에 유나가 보였다.
눈이 마주쳤다.

"남들만큼은. 아마도."

"많이 안아줘. 아직 아빠에게 안기려고 들 때."

"알아."

침대에 걸터앉아 양말을 신었다. 바지를 입었다.

"이리 와 봐."

유나가 상반신만 일으켜 넥타이 끄트머리를 잡아당겼다.
비스듬한 자세로는 안 되겠는지 아예 무릎을 꿇고서
남아있는 셔츠 단추를 끝까지 채워주었다.

"답답해. 싫어."

"멋진데? 새 신랑 같아."

그 말에 난 피식 웃고 말았다. 유나도 한쪽 입가에 미소를 짓긴 했지만 나 정돈 아니었다.

"안아줘." 하고 유나가 일곱 살 아이와 같은 목소리를 내며 양팔을 벌렸다. 꼭 끌어안아주었다. 모자란 부분이 생기지 않도록.

윗배 쪽으로 젖가슴이 밀착되어 닿는 감촉이 기분을 좋게 만들었다. 웬일로 아랫도리에 힘이 들어가고 팽팽하게 서는 느낌이었다. 순식간에 길어지고 아주 딱딱해졌다. 발기가 되었던 것이다. 그러나 알려주진 않았다. 물론 그런다 해도 눈치 채지 못했을 리는 없겠지만.

"어릴 때 말야."

내가 입을 열었다. 조그만 음성으로 말했다.

"많이 안아주셨어?"

"아니."

유나는 그렇게 말하곤 고개를 좌우로 흔들었다.

"안 그랬던 것 같아."

"그래서 아까 나한테 그랬던 거구나?"

"아빠와 딸은 서먹해져버려. 틀어진다고 해야 할까.

많이 안아줘

어느 시기를 놓쳐버리게 되면."

"그래. 그럴 거 같기도 하다."

"되돌릴 수 없어."

"다시는?"

"많이 안아주면 돼."

나는 고개를 끄덕였다. 착하네, 하며 유나가 엉덩이를
토닥토닥 쳐주었다.

"한 번은 이런 일이 있었어. 유나가 여섯 살 생일
무렵쯤."

유나는 잠자코 내 말에 귀를 기울여줬다.

"일요일 아침이었던 것 같은데, 거실에서 뭘 보고
있었어. 텔레비전으로. 유나를 안고 있었는데 발기가
됐어."

"야한 장면이라도 나온 거야?"

"그랬던 것 같지는 않아. 그냥 갑자기."

"그래서?"

"잘 안아주지 않게 된 건 그때부터인 것 같아. 그날
이후로 안아주더라도 가벼운 포옹 정도. 무릎 위에는
앉히지 않아. 자장가를 불러줄 때도 마찬가지고.
아예 눕지 않아."

"심했다. 자장가는 나란히 누워서 듣는 노랜데."
"신경이 쓰여. 또 그럴까봐."
"왜 그랬을까?"
"곰곰이 생각해봤어. 내 나름대론 이유가 어떤 거라는 걸 찾을 수 있었어. 신체적인 접촉 때문이야. 스위치를 켜는 것과 같아. 몸의 어떤 한 부분이 건드려지게 되면 성욕 같은 걸 전혀 느끼지 않아도 나도 모르게 발기가 돼버릴 수도 있는 거지."
"그런 식이었다면 너무 예민하게 받아들이지 않아도 돼."
"나도 알아. 하지만 두 번은 경험하고 싶지 않아."
그리 긴 시간은 아니었지만 유나는 잠시 동안 말이 없었다. 허리에 두르고 있는 팔을 풀어버린 건 아니었다. 오히려 더욱 힘을 주어 꼭 끌어안고 있었다.
"안아줘."하고 유나가 말했다. 나는 옷을 전부 벗었고 유나를 안았다.

건축가의 도면

차에서 내려 숲으로 난 길을 따라 걸었다. 포장이 돼 있지 않은 탓에 구두가 금세 더러워졌다. 벗어버리고 새것으로 갈아 신고 싶었지만 당장은 그럴 순 없었다. 욕구를 한 발짝 뒤로 유보시키는 것, 전연 내색하지 않는 것, 나는 교양이라고 배운 것의 실체를 떠올렸다. 그러는 사이 점점 더 깊숙한 지점까지 들어갔다. 그곳은 빛보다는 어둠이 많았다. 싫어하는 냄새가 어둠을 뚫고 불어왔다. 해풍이었다.

류 선생이 뒤돌아서자 하얀 보자기에 싼 함을 들고서 뒤따르던 남동생이 걸음을 멈췄다. 그 지점에서부터

앞선 자의 뒷모습만 보고 따라오던 검은 행렬이
차례로 정지되었다. 나는 제자리에서 슬쩍 고개만 빼어
뒤를 돌아봤다. 저절로 고개가 절레절레 흔들어졌다.
혼자라면 올 엄두조차 낼 수 없는 길이었다. 적당한
수준으로 나무를 베어내 버린 후에 골프 카트가 무리
없이 올라올 수 있도록 길을 매끈하게 정비하고 곳곳에
가로등을 설치하기 전까지는 절대 불가였다.
지형이 눈에 들어온 게 이유였을까, 수평과 수직 구도가
그 위에 실선으로 그려졌다. 며칠 잠잠히 수그러져
있었던 사업구상이 다시 고개를 치켜들었다. 하필이면
지금, 이라는 생각에 스스로에게 반감이 들긴 했지만
이내 나는 본래의 위치로 돌아가 주변을 면밀하게
분석하기 시작했다.
류 선생이 한 나무에 손을 댔다. 나와 남동생은 보자기를
풀고 함을 열었다. 우리 남매가 차례로 한 움큼씩을
나무 밑동에 먼저 뿌린 후에 류 선생에게 권했다. 선생은
말없이 함에 손을 집어넣었고 허리를 숙여 땅에 거의
팔꿈치가 닿을 정도의 높이에서 아빠의 흔적을 묻었다.
난 그때 고개를 들어 나무를 올려다봤다. 별다른 특징은
찾을 수 없었다. 류 선생이 어째서 이 나무를 선택했는지

속내를 가늠해보기 힘들었다. 굳이 한 가지를 꼽아보자면, 가지가 좀 더 많다는 정도? 억지스럽게 차이를 만들어낸다 해도 겨우 그 정도였을 뿐이다. 아빠에겐 미안하지만 모처럼 사무실을 떠나 있어서 그런지 홀가분한 기분이 들었다. 경영에 복귀하면 맨 먼저 회사로고부터 세련되게 바꿔야겠다는 다짐을 했다. 임직원들의 조문을 받을 적마다, 사실 그냥 안 보면 되는 것이지만, 눈길은 저절로 그쪽으로 향했다. 양복 깃에서는 어김없이 배지가 반짝거렸다. 원과 새 한 마리. 동그란 테두리 속에서 새를 꺼내는 날이 온다면 얼마든지 고급진 새장을 그 정체모를 것의 보금자리로 제공해줄 것이다. 독수리 정도면 그럭저럭 넘어갈 수 있었을 테고 하다못해 수리부엉이 정도만 됐더라도 참아볼 만 했겠지만 정체도 알아보기 힘든 조류를 회사의 상징으로 계속 두는 것은 무리다. 로고는 모호하면 안 된다. 예술이 아니기 때문이다. 각인이 될 정도로 선명해야 한다. 모두가 지켜보는 가운데 나는 새하얀 뼛가루를 가지가 가장 많아 보이는 한 나무 아래에 부었다. 바람이 조금 불었고 잎사귀들이 소리를 냈다. 모든 절차를 끝내고 일상으로 돌아왔을 때 나는 류 선생과 다시 만났다.

"선친께서 건축가들을 대상으로 설계안 공모전을 진행하셨을 때, 자격요건만 확인하고서 무작정 달려들었습니다. 경력자가 아닌데도 응모가 가능한 프로젝트는 당시에 그리 흔하지 않았었거든요. 학교를 갓 졸업한 상태였습니다. 이쪽 세계에선 완전한 애송이였지요. 아무튼 당선되면 좋겠지만 안 돼도 상관없다, 경험으로 삼겠다, 하는 결심이었습니다."

그렇게 입을 떼고서야 바깥만 향하고 있었던 류 선생의 눈길은 내 쪽으로 돌아왔다. 볼과 턱이 깎지 않은 수염으로 하얬다.

"낙선이었습니다. 보기 좋게 떨어져버린 것이었지요."

선생이 찻잔을 들었다.

"예상하시겠지만, 인사개편을 대대적으로 할 참에 있습니다. 빠르면 이번 주부터 시작입니다."

건축가는 고개를 끄덕인 후에 차를 입가로 가져갔다.

"선생님을 더 이상 모시지 못하게 되어 송구스럽습니다."

"선친과 오랫동안 일한 것만으로도 저는 보람을 느낍니다. 감사를 드립니다."

건축가의 도면

분위기는 좋았다. 식사를 하는 동안 나는 여러 얘기들을
했지만 실은, 하나 마나한 것들이었다. 선생은 주로
내 얘길 묵묵하게 듣는 쪽이었다.
"술은 원래 안 하시지요?"
"합니다."
"그러시군요."
나는 진심으로 놀랐다.
"오해를 했습니다. 그러신 줄 알았다면 맛 좋은 술을
준비해오는 것이었는데요. 죄송합니다. 저는 선생님이
아예 못하시는 줄로만 알고 있었거든요."
"이 차도 충분히 좋습니다."
선생이 웃었다. 호탕하게 껄껄 웃음을 터트리는 것과는
거리가 멀었고 주름이 가득 생기도록 만면에 미소를
띠는 정도였다.
"아마도 선친과 제가 일하고 있을 때에 주로 같이
계셔서 그런 것 같습니다. 선친이 보여주시는 곳이 매번
보통 경관은 아니었으니까요." 선생은 찻잔을 소리 나지
않게 기울인 다음 고개를 돌렸다. 나는 선생의 눈길이
닿아있는 곳을 바라봤다.
"어떻습니까?"

"좋군요."

"정말 그렇습니까?"

"네."

선생은 천천히 잔을 들어 마셨다. 입술 사이로 흘려보낸다는 표현이 더 어울릴 것이다.

"선생님, 한 가지 궁금한 것이 있습니다."

이쯤이 적당한 타이밍이라고 여겼다.

"대답 드릴 수 있는 거라면 얼마든지요."

"아버지와 동행한 적이 제법 있었습니다."

"잘 알고 있습니다."

"이제 와서 그때 일을 여쭈어보려고 합니다."

난 하고 싶은 말을 먼저 머릿속에 간단히 정리해본 뒤에 입을 뗐다.

"선생님, 그 무렵에, 그러니까 아버지께서 한창 저를 데리고 다니시던 동안입니다. 제가 기억하기론 사전에 물망에 올라있었던 부지 중에 가장 좋은 곳은 번번이 탈락되었습니다. 대신 기껏해야 둘째밖에 못하는 장소가 최종 선정돼 건축물이 세워지곤 했습니다. 그때마다 프로젝트를 지휘하는 분은 언제나 선생님이셨고요. 물론 선생님이 맡으신 걸 이상하게 생각하는 건 전혀 아닙니다. 그럴 리가요. 아버지만큼이나 선생님의 실력을 잘 알고 있습니다. 단지, 어째서 가장 좋은 것이 아니지? 하는 의아함이 그 시절의 제겐 늘 있었습니다."

"그 일이 이상했습니까?"

"그랬습니다. 매우 이상했습니다."

"지금도 그러신가 보군요."

"혼자서는 풀기 어려운 숙제입니다."

"한번 회장님께 여쭤보시지 그러셨습니까?"

"그런 덴 너무 비싸."

내가 아버지 말투를 따라해선지 선생은 보조개가 든 미소를 만들어냈지만 정작 반응은 그러셨군요, 라는 알쏭달쏭한 말만 한 차례 했을 뿐이었다. 달리 덧붙이는 게 없었다. 조금 더 기다려보았지만 역시 마찬가지였다. 나는 좀 무안해지고 말았다. 그러던 중에 선생이 툭 던지듯 말했다.

"회사배지가 보이지 않는군요."

"일일이 달고 다니지는 않습니다. 그런 건."

"거기 새겨진 새가 저 숲속에 있습니다. 혹시 어떤 새인지 아십니까?"

"……"

"파랑새랍니다. 철새이고요."

"그건 알고 있습니다."

"철새는 철이 바뀌면 이동을 하지요."

나는 입을 꽉 다물었다. 썩 내키는 분위기는 아니었다.

"선친은 두려워하셨습니다. 그래서 따님,
이런 실례했습니다. 이제는 회장님이라고 불러드려야
할 테지요."

그는 담담하게 말을 이어갔다.

"회장님 눈에는 이상하게 보였을지도 모릅니다.
아마도 그 때문에요."

"뭘 두려워하셨단 말씀인가요?"

식사를 끝마치고서 헤어지기 전까지 류 선생은 거듭된
내 물음에도 끝내 답변하지 않았다. 대신 당신과
아버지, 두 사람의 인연이 시작된 곳이 바로 이곳이라는
것만 알려주었다. 회사로 돌아오자마자 자료보관실로
들어갔다. 비서가 자신이 찾아서 보고 올리겠다고
했지만 그때까지 기다리고 싶지 않았다. 찾는 데까지
시간이 많이 걸리진 않았다. 그것은 빽빽하게 꽂힌
서류모음서가가 아닌, 눈에 잘 띄는 별도의 공간에
놓여있었다. 탈락한 류 선생의 공모전 응모작은 고급

가죽 케이스에 싸여 잘 보관되어 있었다.
건축가의 도면에는 아무것도 보이지 않았다.
글자도 없고, 그림도 없었으므로 그것은 백지나
마찬가지였다. 대신 건축가는 제안서를 별도로
첨부했다. 거기엔 호텔을 지을 만한 부지 두 곳이
제안되어 있었다. 지역이 특정된 건 아니었다. 단지
환경적인 것을 비롯해 적당한 요건들이 나열되어 있을
뿐이었다. 말하자면 가상의 건축공간이었던 셈이다.
그리고 이에 대한 설계도면은 점, 선, 면과 글자를
사용해 무척 정밀하게 묘사되어 있었다.

드라큘라는 백작이다

명함에는 '사립탐정 ; 생활 관련 일체'라는 글자를
박아놓고 있긴 하지만 실제로 그가 하는 주된 업무는
인간의 피를 빨아먹고 사는 드라큘라를 찾아내 퇴치하는
일이다. 그것은 대외적으로는 전혀 알려지지 않았다.
그에게 사건을 의뢰하는 대다수의 사람들은 "집 나간
고양이를 찾아주세요."라든지, "우리 남편이 바람을
피우는지 좀 알아봐주세요."라고 하는 수준의 요청을
하기 마련이었던 것이다. 물론 가끔은 "돈은 얼마든지
드릴 테니 그 돼먹지 못한 인간을 좀 죽여주세요.
가능하면 손가락과 발가락을 모두 잘라서 최대한

고통스럽게요. 눈알도 두 쪽 다 뽑아주시고 코도
베어주시면 감사하겠습니다."라고 무척 예의바르게
주문을 해오는 경우도 있긴 했다. 하지만 그때도
대상이 드라큘라까지는 아니었다. 몇몇의 사람들은
그러한 류의 일상적인 의뢰를 해오지 않는다.
드라큘라의 존재를 알고 있는 사람들이다.
그들은 은밀한 경로를 통해 P에게 의뢰를 한다.
어김없이 드라큘라를 죽이는 일이다. 그들의 첫
마디는 대개 "소개를 받고 왔습니다."고 이어지는 말은
보통 '시한'에 대해서다. 가령 "늦어도 이달 말까진
되겠습니까?"하는 식이었다. 그걸로 끝이고 구체적인
얘긴 전혀 없다. 그래도 하는 쪽이나 맡는 쪽이나,
서로 간에 의사전달은 확실하다. 그게 그쪽 세계에서의
의뢰방식이다.

P는 유능했다. 특히 드라큘라를 없애버리는 일에서
유능함을 인정받았다. 맨 처음엔 반신반의하는 상태로
P에게 일을 맡겼던 의뢰인들이라도 나중에 또다시
동일한 문제를 해결하고 싶은 경우가 생길 적에는
그때는 아주 단단한 믿음을 지니고서 반드시 그에게
다시금 연락을 취할 정도였던 것이다. 언제부턴가는

드라큘라하면 P였고, P하면 드라큘라였다.
물론 현재는 은밀한 의뢰인들로부터 커다란 신뢰를 받고
있지만, 그라고 해서 처음부터 능숙하게 드라큘라를
찾아내고 또 퇴치할 수 있었던 것은 아니다. 그에게도
누군가에게 사립탐정의 ABC를 배우던 수습시절이
있었고 시행착오를 겪었던 자립시절이 있었다.
일찌감치 자신의 전문분야를 드라큘라퇴치로 결심을
굳히고 나서는 아르바이트를 해서 모은 돈으로
루마니아로 유학을 떠나 성 마리아 대성당에서 저명한
퇴마사로 이름난 알마르치 폰세우스 주교를 주임강사로
하는 49주 과정으로 개설된 뱀파이어전문가클래스, 일명
V-class를 수료하기도 하고 또 서울 시청 쪽에 소재한
프레이즈 플레이스라는 레지던스 호텔에 스스로를
은폐시켜 두 달 동안 <언더월드underworld>시리즈를
비롯한 온갖 종류의 드라큘라 영화를 섭렵하기도 했지만
그래도 여전하게 일은 어려웠다. 일을 계속하긴 해도
도무지 발전이 없는 기분이 들었던 것이다.
건조한 음식을 마른침을 발라 꾸역꾸역 삼키는 것과
비슷하달까. 그래도 일을 손에서 완전히 놓진 않았고
간간이 주어지는 보잘 것 없는 의뢰를 어떤 식으로든지

착실하게 진행시켰다. 당연히 드라큘라 관련 건은
전무했다. 주문이 들어오게 하려면 먼저 경력이 있어야
했는데, 도무지 드라큘라를 찾을 수조차 없었다. 도대체
누가 드라큘라인지 분간조차 해낼 수 없는 탐정에게
어느 의뢰인이 일을 맡길 것인가. 어림도 없었다. P는
틈만 나면 어쩌면 이 일이 나에게 맞지 않을지도
모른다는 고민을 했다. 전문분야를 잘못 선택했다는
후회도 들었다. 그러나 어떤 깨달음이 찾아온 건 바로
그때였다. 고민과 후회를 충분히 한 다음이었다.
외국어를 오랜 시간 공부한 사람들이라면 공감할 테지만
결국 모든 건 다 한 순간이다. 절대로 들리지 않을 것
같은 것을, 절대로 말할 수 없을 것 같은 것을 어느
순간부터는 쉽게 할 수 있는 것이다. 내가 겨우 이런 걸
왜 어려워했지, 하며 고개를 연신 갸웃거리면서 말이다.
어쨌든 어떤 일이라도 하나의 일을 장시간 하다보면
나름대로 깨달음의 순간이 찾아오기 마련인데 성실한
P에게도 예외가 아니었다. "그래 맞아. 드라큘라는
백작일 수밖에 없는 거였어."라는 생각이 어느 날
갑작스럽게 날아들었던 것이다.
그것은 한 단계 업그레이드 혹은 레벨업의 순간이었다.

이후부터는 승승장구였다. 모든 일이 잘 풀렸다. 장대높이선수라도 포기해야 할 정도로 높다란 담으로 둘러싸인 성에 살고 있는 백작들을 차례로 찾아가기만 하면 되었다. 경력이 쌓이는 만큼 의뢰는 비례하여 증가했다. P는 벌어들인 돈으로 우선은 일을 하는 데에 필요한 도구들을 사서 모으기 시작했다. 처음엔 전부 나무로 된 것들이었지만 나중엔 전부 은으로 된 것들로 교체했다. "어째서 드라큘라는 황금을 무서워하지 않는 거지?"라며 툴툴대며 하는 수없이 은으로 된 십자가며, 못이며, 탄환들을 구입했던 것이다. 성수도 은을 녹인 것에 물을 섞어 사용했다. 비록 불만이긴 했지만 금 대신 은으로 된 물품들만을 샀던 덕에 상당한 돈을 모을 수 있었는데 그는 그렇게 벌어들인 돈으로 성을 한 채 구입했다.

드라큘라는 백작이다

워크샵-플랫폼

- 나중에 우리 서점에 두고 싶네요.
그렇게, 지난번 모임 때 대표가 말한 것을 들었다.
내게는 아니었다. 내 옆자리에 앉은 남자를 향해서였다.
대표는 남자의 원고를 전부 넘겨본 뒤에도 여전히
손에 쥔 채로 몇 번이나 감탄했다. "정말 이걸 7주
만에 완성하신 거예요?"와 비슷한 말도 한 번
했었던 것 같다. 그때 그 둘은 확실히 들떴었고 나는
심란했다. 바로 직전에 내 원고를 검토하였던 대표가
내게는 별다른 코멘트를 하지 않았기 때문이다. 내
느낌으로는 어느 한 문단이라도 제대로 정독을 하는

것 같지가 않았고 그냥 눈으로 대강만 쓰윽 훑는 것 같았는데, 아무튼 그러고선 "수고 하셨어요. 다음 주엔 완성된 원고를 준비해주세요. 인쇄소에 보낼 거예요."라고만 말했다. 대표가 옆자리 남자의 원고에 흥분해서 목소리를 높일수록 조금 전에 나를 향했던 대표의 특징 없는 음성이 귓가에 맴돌았다. 태연하고 싶었고 어떻게든 미소를 잃어버리고 싶지 않았지만 포커페이스를 유지하는 건 말처럼 간단한 일이 아니었다. 아마도 그날 난 틀림없이 이상한 표정을 짓고 있었을 것이다. 지금과 별반 다를 게 없는. 액정에 비친 내가 보였다. 핸드폰을 캥거루가 그려진 천가방 안에 집어넣었다. 떼지 않은 태그가 눈에 띄었다. 끈고리에 손가락을 집어넣어 세게 잡아당겨보았지만 아프기만 했다.

그간에 쓴 원고를 무릎에 올려놓고서 한 장 한 장 넘기며 속으로 읽어보았다. 띄어쓰기나 맞춤법은 특별히 문제가 없을 것이다. 문법은 그 남자나 나나 그게 그거일 것이다. 문제는 내용이었다. 그래서 난 내용에 집중했다. 지난 모임이 끝난 직후부터 조금 전 집에서 나오기 전까지의 일주일을 내용을 고치는 데에만 사용했다. 곁눈으로 슬쩍 봤던 것이었지만 그래도 제법 기억에 남아 있었다. 남자의 원고를 떠올려가며 하나씩 고칠 수 있었다. 이번엔 대표가 내 원고를 마음에 들어 할까? 인정해줄까? 뭐라 뭐라 하며 안내방송이 나왔지만 하나도 귀에 들어오진 않았다. 하지만 속도가 줄어든 건 느껴졌다. 거의 동시에 플랫폼이 나타났고 완전히 멈춰진 후 문이 양옆으로 열렸다. 그제야 내가 내려야 할 곳이 바로 이곳이라는 걸 알았다. 자리에서 일어나서 출입문 쪽으로 뛰었다. 이미 올라타기 시작한 사람들과 몸이 좀 부딪쳤다. 실례합니다, 실례합니다, 하며 밖으로 나와 선 채로 원고부터 확인했다. 특히 모서리를 잘 살폈다. 다행히 구겨진 부분은 없었다. 꼭 품에 끌어안고 개찰구를 빠져나왔다. 서점은 지하철역에서 15분 정도 거리에 있다. 숨이 찰 정도로 빨리 걷는다면 10분이면 된다.

20분을 꽉 채운 뒤에야 겨우 서점에 도착했다. 도중에 몇 번이나 집으로 돌아가 버릴까 망설였는지 모른다. 몸이 아파서 가기 힘들다는 문자 한 통이면 된다. 그런 류의 거짓말은 상대방이 거짓말이라는 걸 눈치 챈다 해도 어떻게 할 도리가 없는 거짓말인 것이다. 하지만 이제 와서 그렇게까지 하고 싶진 않았다.
결과가 좋든 나쁘든 어쨌거나 오늘로써 끝이야, 라고
소리 내 중얼거린 덕분이었다. 정말로 이제 이 서점과는
더는 볼일이 없을 수도 있다. 나는 짧게 심호흡을 했다.
그러고서 유리문을 열고 서점 안으로 발을 들여놓았다.
먼저 온 사람들과 얘기를 나누고 있던 대표가 상냥한
눈짓으로 인사를 했고 이어서 "새로 사셨어요?
예쁜데요. 캉골."이라고 하였다. 나는 자리에 앉아
카키색 천가방을 무릎 위에 올려놓았다. 캥거루 그림이
위쪽을 향하도록 했고 엄지손가락만한 태그는 손으로
가렸다.
한 사람씩 돌아가며 들고 온 원고를 대표에게 보여줬다.
대표는 손가락 사이에 빨간 펜을 끼우고서 진지한
표정으로 원고를 읽고 있다. 실내가 조용해진 탓인지
바깥소리가 들린다. 오토바이 소리가 들리고 아이들이
몰려다니며 고함지르는 소리가 들린다. 나는, 모두가
아무런 말을 하지 않을 때에만 들리는 음악소리에
귀를 기울였다. 선반 위 와인색 원목 턴테이블은 한쪽
구석에서 조용히 돌아가고 있었다. 턴테이블이 정면으로
내려다보이는 쪽 벽면에는 전신을 비출 수 있는

테두리가 없는 모던한 거울이 있고 그 옆쪽으로 못이 여러 개 박힌 곳에는 봄가을용 야상이 KANGOL이라는 글자가 프린트 된 천가방과 나란히 걸려 있다.

◆ 에어포트 클럽

문득 인천공항에 가고 싶다는 생각이 들어 택시를
탔다. 2시간쯤 걸려 도착했다. 택시기사가 어디서
내려줄까 물었다. 나도 모르게 어리둥절한 표정을
지었던 탓인지 그는 2터미널이 새로 생겼다고 알려줬다.
항공권도 없이 무작정 온 셈이었으므로 어디서
내리나 별 상관이 없었지만 이왕이면 새로 생겼다는
제2터미널을 구경도 할 겸 그럼 그쪽으로 내려달라고
했다. 휴가철은 아니지만 금요일 오후답게 어딘가로
떠나려는 사람들로 붐볐다. 난 넓은 공항 안 아주
작은 벤치에 앉아 이제부터 뭘 하면 좋을지 궁리했다.

10분 정도 고민 끝에 결론을 내릴 수 있었다. 결정을
한 뒤에는 맥도날드에 가서 빅맥 세트를 시켰다. 일단
든든히 먹어둬야 활기차게 오랜 시간 뛰어놀 수 있는 건
당연하다. 콜라는 얼음 빼고 한 번 리필 시켰다.
런닝화 끈을 풀어 다시 조여 맸다. 줄이 짧은 쪽
검색대로 가서 섰다. 이윽고 차례가 왔고 나는 직사각형
프레임을 향해 뚜벅뚜벅 걸어갔다. 금속탐지 바를 손에
든 직원이 몹시 따분해하는 얼굴로 양팔을 벌리라는
지시를 내렸을 때 난 혀를 쏙 내밀어 메롱, 하고서 힘껏
앞으로 내달렸다. 호루라기를 불며 직원이 따라붙었고
그의 동료들도 합세했다. 아무리 재미있는 놀이라도
혼자서 하면 재미없다. 곧 시들해지고 만다. 놀이는 함께
하는 인원이 많을수록 재미있다. 슬쩍 뒤를 돌아보니
조금 전의 따분해하는 표정 따윈 온 데 간 데 없었다.
혈압이 좀 높은 것 같이 보이긴 했지만 얼굴에 생기가
돌았다. 일단 사람이 활동적으로 변했다.
모두들 나를 잡기 위해 최선을 다하고 있었다.
미안한 얘기지만 나로선 아직 최선을 다하는 중이
아니었다. 자동차 속도계기판으로 치자면 바늘이 아직
절반까지밖에 안 왔다. 마음만 먹으면 훨씬 더 밟을

수 있었다. 슬렁슬렁 뛰는 이 상태가 계속 유지된다면 아마도 면세구역을 서른 바퀴쯤은 돌아야 조금이나마 지칠 것 같았다. 달리 할 일이 없어서 면세점이라도 이용하던 예비탑승객들이 밖으로 쏟아져 나와 재미있는 구경거리라도 보는 양 우리를 지켜봐주었다. 그럴수록 난 신이 나서 더 날뛰었다. 쇼맨십 같은 거라고나 할까, 일부러 속도를 낮춰 금방이라도 잡힐 것만 같은 장면을 연출하기도 하였다. 아슬아슬해야 스릴이 생긴다. 너무 격차가 벌어지면 재미가 없다. 한 바퀴 이상 따돌려서 혼자 심심하게 결승선을 통과하는 것보다 비록 우승은 놓쳤지만 뒤에서 엎치락뒤치락하는 2등 경기가 더 볼 만하다.

처음엔 어딘가에서 불이 났나 싶었지만 이내 나 때문에 사이렌이 울리고 있다는 걸 깨달았다. 소방차에서 나는 소리 같기도 하고 민방위 훈련을 알리는 확성기소리 같기도 하였다. 요란한 가운데서도 왠지 모르게 끌리는 소리였다. 묘하게 계속해서 듣고 싶어지는 사이렌 때문인지는 몰라도 사람들은 하나둘씩 춤을 추기 시작했다. 그래봤자 사이렌이었으므로 멜로디 같은 게 있을 리가 없지만 그래도 강약은 존재했다. 강하게 소리가 나는 때가 있는가 하면 약하게 소리가 나는 때가 있었다. 리듬감이 좋은 사람들은 그 강약에 맞춰서 팔다리를 흔들었고 음악에 재능이 없는 사람들 역시 가만히 있지 않고 옆에서 춤추는 사람들을 곁눈질해가며 따라서 몸을 움직였다. 대신 자연히 반 템포 정도는 느리게 엇박자로 춤을 췄는데, 비록 우연일 테지만, 그게 또 장관을 만들었다. 정박의 사이사이에 엇박이 채워짐으로 해서 어디로 튈지 모르는 기묘한 박자가 탄생했다. 엇박은 또다시 엇박을 만들었고, 엇박의 엇박은 엇박의 엇박의 엇박을 만들었다.
거대한 클럽이었다. 굳이 이름을 붙이자면 에어포트 클럽. 이 안에서 내게 맡겨진 역할은 분명했다. 현란한 솜씨로 단추가 수백 개 달린 콘솔을 자유자재로 다루는 클럽 디제이였다. 음악이 한 순간도 끊어지지 않고 언제까지나 지속되도록 만들어야 하는 막중한 책임이 주어진 자리였다. 내가 멈추면 모든 게 멈춘다. 기분이 좋았다. 복합적이긴 했지만 그 중심에는 뭔가 대단한 사람이 되었다는 기분이 있었겠지. 그런 감정을 경험한 직후 난 사춘기가 한창인 소년처럼 행동했다. 의도적으로 걸음을 멈춰버렸던 것이다.

이대로 놀이를 끝내도 된다고 생각했다. 도저히 참을
수 없었다. 단지 놀고 싶었을 뿐이다. 책임이라는
단어와 연결되고 싶지 않았다. 어느새 검색대 직원들이
나를 거의 따라잡고 있었다. 모르고 있었는데, 술래가
늘었다. 직원들 말고 또 있었다. 경찰복을 입은
사람들은 아마 경찰일 것이고, 군복을 입은 사람들은
아마 군인이겠지? 총을 들고 있었다. 나는 여전히 한
자리에 선 채 필사적으로 달려드는 그들을 물끄러미
바라만 봤다. 그러다 뭔가 움직이고 있다는 걸 깨달았다.
팔다리였다. 춤을 추고 있는 사람들이었다. 사람들이
춤을 멈춘 건 아니었다. 내가 멈췄다고 해서 그들도
멈출 것이라고 생각한 건 그냥 착각이었을 뿐이다.
오만이었고 자아도취였다. 그렇게 믿고 싶었던 거겠지.
다들 자신만의 길을 가고 있었다. 내가 무얼 하고 있든
전혀 상관하지 않았다. 가만히 춤을 보고 있자니 기분이
나아졌다. 춤을 추고 있는 사람들 곁으로 돌아가고
싶었다. 숨을 고른 후 다시 달렸다.

에어포트 클럽

목욕탕

좀 씻고 싶었다. 수증기가 모락모락 올라오는 물 밖으로 모가지만 내놓고 있으면 한결 나아질 것 같았다. 회사 근처에 씻을 만한 곳이 있는지 알아봤다. 편의점 앞에 쪼그리고 앉아 핸드폰을 꺼내 구글맵을 켜서 검색했다. 24시간 찜질방이 하나 있었다. 차를 탄다면 한 10분이면 닿을 거리였다. 차도에 내려와 택시를 향해 손을 흔들었지만 잘 잡히지 않았다. 카카오택시를 부를까하다가 관뒀다. 술도 깰 겸 운동 삼아 그곳까지 걸어서 가기로 했다. 그러고 보니 요새 통 피트니스클럽을 가지 못했다.

대강 방향을 확인하고서 꼭 우리 회사 같이 생긴 건물들 사이로 이백 미터 남짓 걸어갔을 때였는데, 아무래도 거기에는 가지 않는 게 좋겠다는 생각이 퍼뜩 들었다. 사실 그 정도가 아니라, 절대로 가서는 안 된다는 판단이 들었던 것이다. 머릿속에서 주의경보 사이렌이 마구 울렸다. 비상! 비상! 비상! 영업실적을 보고하는 부서별 월요아침회의 때마다 어김없이 귓가에 들리는 바로 그 소리. 조금 전 회식을 마칠 즈음 양 부장이 "우리 2차는 맥반석계란이랑 얼음식혜 먹으러 가요!"라고 외쳤던 게 뒤늦게 떠올랐던 탓이다. 난 고개를 좌우로 크게 흔들었다. 양손으로 뺨도 찰싹찰싹 때렸다. 내가 무슨 일을 저지르려고 했던 거지. 하마터면 큰일 날 뻔했다. 겨우 빠져나온 주제에 제 발로 늑대의 소굴로 들어갈 수는 없다.

일행이 실제로 간 곳이 지금 내가 가려고 했던 곳과 일치하는지 어떤지는 알 수 없다. 하지만 그럴 수도 있다. 리스크를 줄여나가는 건 회사원의 숙명과도 같다. 난 양의 탈을 쓴 늑대와 어린 양들이 죽 둘러앉아 저마다 양 머리를 한 채 얼음식혜를 쪽쪽 빨아먹는 모습을 떠올렸다.

목욕탕

편의점에 들렀다. 에쎄와 레종 중에서 뭘 살까
고민했다. 에쎄는 모양이 예쁘고 레종은 이름이 멋있다.
"레종이요." 라이터는 아까 회식자리에서 챙겨온 게
있다. 끊었던 담배를 다시 피웠다. 한 일주일. 그래도
이번엔 지난번보다 이틀이나 더 길었다. 난 나를
태워주지 않은 택시 기사님들께 몇 번이나 감사를
드리며 발길이 닿는 대로 도시를 걸었다.
걸음을 멈춘 곳은 작은 건물 앞이었다.
'목욕탕이네.'
딱 봐도 구식이었다. 얼음식혜 같은 건 절대로 팔지
않을 것 같은 외관. 난 망설이지 않고 안으로 들어갔다.
이런 곳은 어릴 적 이후론 처음이었다.
계단을 밟아 지하로 내려갔다. 매표창구에는 젊은
여자가 헤드폰을 낀 채 리듬에 맞춰 고개를 흔들며 아주
두꺼운 책에 열심히 줄긋기를 하고 있었다. 볼륨이
큰 데다 귀에 완전히 밀착이 안 되어서인지 내가 서
있는 쪽까지 노랫소리가 들렸다. 나도 아는 노래였다. 이
노래를 공부하면서 듣는 수준이라면 제법 마니아일 것
같았다. 친근한 마음에 비틀즈보다 퀸을 좋아하느냐고
물으려다 말았다. 요금을 지불하고 표를 끊고 나서 난

잠시 동안 주위를 두리번거려야 했는데 적당한 문을
찾지 못해서였다. 남탕이라는 글자가 크게 쓰여 있는
문을 찾았지만 그런 건 어디에도 보이지 않았다. 문은
오직 하나뿐이었다. 여탕과 남탕 같은 구분이 없었다.
젊은 여자와 눈이 마주쳤고, 그는 이런 상황이 익숙한 듯
딱해하는 표정을 보일 듯 말 듯 슬쩍 짓더니 손가락만
어느 한쪽을 향해 까딱했다. 직원이 가리키는 방향으로
고개를 돌렸다. 역시 바로 그 문이었다. 들어가야 하나
말아야 하나 망설이게 만들었던 단 하나의 문. 비로소
난 여기가 어떠한 곳이란 걸 이해할 수 있었다. 난
〈Made in heaven〉을 가사 따윈 무시한 채 아무렇게나
흥얼거리며 문을 열고 안으로 들어갔다.
옷을 전부 벗고서 마른 수건으로 가릴 데만 겨우 가리고
목욕탕에 들어섰을 때 안에는 아무도 없었다. 차라리
잘됐어, 맘 편하게 혼자인 게 더 낫지, 하고 속으로
중얼대며 나는 스스로를 달랬다. 수건을 만만해 보이는
곳에 휙 던져놓았다. 하지만 자세히 보니 한 명도 없는
건 아니었다. 누군가 있었다. 여자였다. 여자는 탕
안에서 내 쪽을 가만히 응시하고 있었다. 나 역시 지지
않고 그쪽으로 시선을 주었다. 샤워를 먼저 한 뒤에

목욕탕

온탕에 들어갔다.

"상이 나서 제주도에 당장 내려가 봐야 한다면서요."

여자가 물에 젖은 머리카락을 어깨 뒤로 넘겼다. 난 아무 말도 하지 못했다. 거짓말을 했다면 뒤처리가 완벽해야 한다. 나는 이에 실패했으므로 입이 열 개라도 할 수 있는 말이 없다.

어색한 분위기가 계속 됐다. 더 이상 추궁할 마음이 없는 것인지, 아니면 단단히 화가 난 것인지 양 부장은 아무 말도 하지 않았다. 손가락으로 가볍게 물장난만 하고 있었다.

"저, 근데, 다 같이 찜질방에 가기로 했던 것 아니었나요?"

"다들 사정이 있으니까."

양 부장은 그렇게 짤막하게 대답했다.

언제 빠져나가야 하나 눈치만 보고 있었는데 아까 매표창구에서 보았던 젊은 여자가 목욕탕 안으로 들어왔다. 여전히 헤드폰을 낀 채 여기저기 호스로 물을 뿌리며 쓱쓱 청소를 해나갔다. 그러는 동안에도 우리 쪽으론 눈길 한번 주지 않았다. "저기요."하고 양 부장이 직원을 향해 말했다. 아무런 반응이 없자 양 부장은 회사에서처럼 좀 더 큰 소리로 직원을 불렀다. 나는 조금 움찔하고 말았다. 호명만으로도 내가 또 뭘 잘못 했나 저절로 반성하게 만드는 목소리. 그제야 젊은 여자는 한쪽 귀가 반쯤 드러나도록 헤드폰을 들어 올리며 이쪽을 돌아봤다.
"여긴 그런 거 없죠? 식혜에 얼음 동동 띄운 것 말예요."
"그런 건 팔지 않아요."
젊은 여자가 짜증 섞인 투로 말했다.
"콘돔은 팔아요. 락커룸에 자판기가 있어요."
그러고는 이내 청소도구를 챙겨 철제문을 쾅 소리가 나게 닫고 밖으로 나가버렸다.
물속은 따뜻했다. 피곤이 풀리고 있는 것 같았다. 몹시 나른한 기분을 느꼈다.

담배, 강과 태양

두 사람이 강변을 걸었다.
"생계를 유지할 만큼 돈을 벌지 못하면 직업이 아니야. 그냥 취미인 거지."
"그 만큼이 얼마큼인데?"
"한 삼백?"
"너무 많은 거 아냐?"
"실은 사백만 원이라고 말하려 그랬어."
"난 백오십이면 충분해."
"혼자니까. 내가 혼자면 백만 원이어도 가능할 거야. 넌 그 돈으로 분명히 힘들 거야. 넌 라면 같은 건 안 좋아하니까."

담배를 꺼내 물었다.

"줘?"

"꼴에 한 갑에 오천 원짜리 피네?"

"품위가 있지."

마주 보고서 좀 웃었다.

"싫어?"

"너 내 친구 맞긴 하니? 끊다가 죽을 뻔한 거 빤히 알면서."

"신경질은. 그냥 됐다고 하면 될 걸. 넌 요즘 너무 날카로워져 있어."

불을 붙였다. 연기가 피어올랐다.

"좋다. 냄새."

"싫다고 한 적은 언제고."

"초등학교 졸업할 무렵부터 이때까지 담배냄새를 싫어한 적은 단 한 번도 없어."

"언제까지 할 거야?"

"뭘?"

"씨발. 모른 척 좀 하지 마라. 속이 시커먼 년아."

"그러는 넌. 언제까지 담배를 피울 작정인 건데?

담배, 강과 태양

혹시 매번 선탠 하는 게 비용이 너무 들어서 그러는 건 아니지? 제발 아니길 바래."

"도대체 무슨 소리를 하고 있는 중이니? 꼭 지 그림 같은 말만 해. 그리고 바래, 아니야. 바라지."

"언제까지 피울 거냐고."

"여기서 천 원이 더 올라가면."

"똑같네. 천 원 오르면 나도 그만 둘 거야."

"물감?"

"아니. 도화지."

"백 원짜리 종이가 어느 세월에 천 원이 되냐?"

"언젠간 되겠지. 나라가 망한다거나 그러면."

"미친년."

"고흐랑 이중섭 직업이 뭔지 알아?"

담배만 열심히 피워댔을 뿐 대답하진 않았다.

"화가야."

"그래서?"

"그렇다구. 그냥."

"흐음."

"왜?"

"나는 네가 미치는 꼴은 보고 싶지 않다."

꽁초를 비벼 꺼트리고 담뱃갑에서 새것으로 뽑아 라이터를 갖다 댔다.

"너야말로 백만 원으로는 어림도 없겠다. 담배를 이렇게나 좋아하니."

"씨발. 끊으면 되지 뭐."

둘은 나란히 서서 태양을 바라봤다. 새 한 마리가 그 앞을 날았다.

"얘, 저거 비둘기니?"

"저렇게 커다란 비둘기가 어딨어. 딱 보면 모르니? 갈매기지. 저 날카로운 부리를 봐라."

"비슷하긴 하네. 근데 갈매기는 바닷가에 사는 거 아니었어? 새우깡 같은 거 먹으면서."

"글쎄. 음, 길을 잘못 들었나보지."

"그런 걸까?"

"또 모르지. 톰 소여의 모험 같은 걸 읽어봤을 수도."

"신밧드의 모험일 수도 있어."

"아니면 허클베리 핀의 모험이거나."

고개를 끄덕거렸다. 그러고선 한참 만에 입을 열었다.

"갑자기 새우깡이 먹고 싶어졌어."

"난 이미 먹고 있었는데."

담배를 깊숙이 빨아들인 뒤 스낵이라도 씹어대는 양 입을 벌리고 쩝쩝거렸다.
새는 어디론가 날아가 버렸고 두 사람은 태양이 비추는 강변을 다시 걷기 시작했다.

축하합니다

오늘 홍상수가 상을 탔다. 베를린영화제 은곰상 감독상. 얼마 전에 『기생충』으로 봉준호가 받은 아카데미상에 비하면 대중적인 면에선 네임벨류가 약간 떨어진다는 걸 감안한다 해도, 해도 너무 할 정도로 잠잠하다. 그래도 국제적으로 상당히 큰 상인데 말이다. 인터넷 기사도 굳이 찾아봐야 할 정도로 조심스럽게 몇 개 떠 있을 뿐이었다. 나는 버스 출근길에 기사 한 곳에 댓글을 달았다. 내가 첫 번째였다. 내용은 심플했다. 딱 다섯 글자가 전부였다. 느낌표까지 치면 여섯. 회사에 도착할 즈음이 되어서 내 댓글에는 무척 많은 댓글들이

주렁주렁 달렸다. 다 세어보진 않았지만 마흔 개는
가뿐히 넘었던 것 같다. 세 시간이 지난 지금은 그보다
네 배쯤은 늘지 않았을까. 그 이상일지도 모른다.
회사에서는 동료들 중에 어느 누구도 홍상수 얘길
꺼내지 않았다. 분위기만 본다면 마치 일본사람이 상을
받은 것 같은 정도였다. 혹시 다들 아직 수상소식을
모르고 있는 건 아닐까? 하고 잠시 동안 곰곰이
생각해봤지만 아무렴 그럴 리는 없었다. 내가 알기로
출근길에도 책을 읽는 사람은 우리 사무실 직원들
중에 딱 한 사람, 홍 실장님밖에 없다. 나머진, 나를
포함해서, 오로지 핸드폰이다. 우리는 핸드폰으로 존
스튜어트 밀의 『자유론』을 읽지 않는다. 버트런드 러셀과
무라카미 하루키의 글들을 읽지 않는다. 만약 언젠가
내가 우리 사무실에서 인생조언을 구할 대상을 반드시
찾아야 한다면 그리 고심할 필요조차 없을 것이다. 마이
초이스는 바로 그일 테니까.
수상 소식은 화장실에 가서야 비로소 입에서 입으로
전해졌다. 주 과장, 윤 대리 그리고 나까지 세 사람이
거울을 보면서 화장을 고치는 중이었다.
"봤어? 홍상수."

주 과장이 말했다.

"굳이 그런 데서 또 끌어안아야 해? 밤마다 맨날 그 짓일 텐데. 그죠?"하고 윤 대리가 신속하게 맞장구를 쳤다. 주 과장이 운을 띄어주기만을 아까서부터 기다린 듯했다.

"징그러워! 그치 다혜 씨?"

나는 거울로 윤 대리와 눈을 마주치며 고개를 끄덕였다. 미간을 한껏 찌푸린 채.

"정말 너무 싫어."

그러면서 윤 대리는 오돌오돌 떠는 시늉까지 보인 다음에 기사에 실렸던 내용을 주 과장과 내게 설명했다. 장황하게 말했지만 결론은 수상자 호명 직후에 홍상수가 김민희와 포옹했다는 것이었다. 나는 이미 알고 있었지만 처음 듣는 사람처럼 어머, 어머, 라고 말해주었다. 그래야 좋아한다. 윤 대리는 내가 한 추임새 때문에 신이 난 건지 흥분한 건지 더 큰 소리로 말하기 시작했다.

"그런데 과장님. 어떤 미친 인간은 댓글에, 세상에 기가 막혀서, 축하합니다, 느낌표, 라고 해놨더라고요. 나 원 참, 그걸 또 축하한다네요! 아침 출근길에 그걸 보는데

어찌나 화가 나던지. 아침을 안 먹었는데도 소화가
안 되는 기분이었어요."하며 윤 대리는 아이섀도를
눈꺼풀에서 뗀 뒤에 과장과 나를 번갈아 쳐다봤다.
과장은 립스틱을 바르면서 "미친놈"이라고 부정확한
발음으로 중얼거렸고 나는 고개를 절레절레 과장스럽게
흔들어보였다.
"왜 맨날 상을 주는 거지? 그런 사람한테."
주 과장이 평소 말버릇대로 무신경하게 툭툭 던지듯이
말했다.
"그러니까 말예요. 거기도 제 정신이 아닌 거죠.
홍상수도 그년도 베를린도."
윤 대리는 칠하다 만 눈꺼풀을 마저 마무리하였다.
"홍 실장 아냐? 그런 댓글 단 인간."
"맞아요. 홍 실장님이거나 홍 실장님 같은 부류의
인간이겠죠."라고 하면서 윤 대리는 홍 실장의 흉을 실컷
늘어놓더니 갑자기 주위를 두리번거렸다. 그의 시선이
완전하게 닫혀있는 칸막이로 향했다. 과장과 나, 우리
둘의 시선도 그쪽으로 따라갔다. 아무런 소리는 들리지
않았다. 하지만 안에서 잠겨있었고, 그러므로 누군가
있는 것만은 틀림이 없는 일이었다. 윤 대리가 음성을

낮췄다. 거의 귓가에 대고 소곤거리는 수준이었다. 바로 옆에 있는 나조차도 간신히 알아들을 수 있었다.

"과장님, 혹시 말예요, 지금 저기 안에 들어앉아있는 거 아니에요? 음흉하게, 우리가 했던 말을 다 엿들었을 수도 있어요."

"들으라지. 재수 없어. 맨날 잘난 척. 그래봤자 한림대 나온 게."

"네? 한림대요? 그게 어디에 있는 거예요?"

"찾으면 알려줘."

"아무튼 정말 치욕적이네요. 우리 회사에 그런 삼류대학 출신이 있다는 게. 그쵸? 인사팀은 무슨 생각으로 일하는지 몰라."

"윤 대리는 성균관대였나?"

"어머, 과장님 실망이에요. 성대는 얘죠."

윤 대리는 턱으로 나를 가리켰다.

"저는 신촌에서 다녔다고요."

"연대?"

"이대요."

"역시."하고 주 과장이 말했다.

윤 대리 입가에 미소가 번졌다.

축하합니다

"아, 우리의 홍 실장님. 어떡하면 좋을까요."
음성이 도로 커졌다. 자신감 넘치는 목소리였다. 이제는 지금 저 칸 안에 정말로 홍 실장이 있든 없든 상관이 없다는 것 같았다. 들어도 어쩔 수 없다는 태도였던 것이다.
"많이 죄송한 말이지만, 실장님을 보면 가슴이 좀 답답해지더라고요. 홍 실장님처럼 사회생활 못 하는 사람은 저 사실 처음 봤어요."
윤 대리는 홍 실장을 관찰한 얘기를 주 과장이 화장을 끝마칠 때까지 계속 했다.
"가지?"
주 과장이 먼저 밖으로 나갔고 윤 대리와 내가 한 발짝 뒤에서 따라 나갔다. 화장실을 완전히 벗어나기 전, 나는 슬쩍 문이 잠겨있는 화장실 칸 쪽으로 고개를 돌렸다. 안에 있는 사람이 누군지는 모른다. 하지만 우리가 했던 말을 들은 건 안다. 윤 대리가 팔꿈치로 툭 쳤다.
"근데 색조를 너무 많이 한 거 아냐? 다혜 씨가 평소에 좀 하는 편이라는 건 아는데, 오늘 따라 너무 심한데?"하며 윤 대리는 좋은 먹잇감을 발견했다는 얼굴로 나를 쳐다보았다.

◆ 은비 씨

서른 후반에 접어들면서 일거리가 눈에 띄게 줄어들었다. 은비 씨는 자신이 나이든 게 그 원인일 거라고 생각한다. 실은 몇 년 전, 서른이 넘으면서부터 조금씩 제작사 측이 자신을 캐스팅하기 꺼려한다는 게 느껴지긴 했지만 약 10년간 쌓은 경력과 많은 현장경험에서 나오는 본인만의 노하우, 다른 배우들과 구별되는 스타일 그리고 밤새 공부를 하고서도 마치 놀기만 한 것인 양 꾸며대는 우등생 같은 노력으로 그런 것쯤은 충분히 커버가 가능했다. 오히려 새로운 전성기를 맞는 것 같은 때도 있었다.

'아무래도 나 혼자 착각을 했던 거였나 봐.'
이제는 그런 것들로 세월을 막아내기가 버겁다는 걸
느낀다. 좋다고 하는 화장품을 써도 눈가의 주름은 어쩔
수 없다. 엉덩이와 가슴의 탄력도 예전 같지 못하다.
무엇보다 트렌드를 따라가는 게 힘에 부친다. 겨우 몸에
익을 만하면 또 바뀐다. 예능 프로그램 같은 형식이
도입된 지 얼마 되지도 않은 것 같은데 그새 또 바뀌려고
하고 있다. 적응하는 데에 시간이 점점 늘어만 간다.
어느 산업이 그렇지 않을까 싶지만 포르노영화라는 세계
역시 한곳에 정체되어 있으면 제자리를 지키기는커녕
뒤로 확 밀리고 만다. 소비자들은 매번 새로운 걸
원한다. 지난번엔 아낌없이 박수를 쳤을지라도 더는
새로워진 게 없이 같은 것을 반복한다면 이번엔 야유를
퍼부을지 모르는 일이다. 늘 새로워야 살아남을 수
있다는 걸 주문처럼 외운다. 칼을 댄다 해도 얼굴과
체형은 기본적으론 고정되어 있는 편이니, 그 외의
것들을 변형해서 새로움을 만들어내는 수밖에 없다.
체위라든가, 속옷이라든가, 대화방식이라든가,
드라마적인 요소라든가, 이젠 예능적인 요소까지.
모르는 사람들이라면 깜짝 놀랄 만큼 공부를 해야 할

것도 많고 또 그 양도 상당하다. 지금은 대중들에게 제법
이름이 알려진 모델 친구가 진심으로 혀를 내두르던
일을 은비 씨는 기억한다.
"그렇게 생각하진 않았는데, 진짜 보통 일이 아니구나."
대강 그렇게 말했던 것 같다.
사실 더 말하면 놀랄 것 같아서 그 정도만 한 거였다.
상업영화배우들은 어떠한지 알 길이 없지만 은비 씨는
자기 자신을 비롯한 대다수의 포르노배우들이 본인이
맡은 연기라는 역할 외에도 여러 가지 일을 해내고
있다는 걸 잘 안다. 일차적으론 배우이지만, 동시에
기획자이며 작가이기도 한 것이다. 풀이 작다보니
이것저것 가리지 않고 하는 게 어쩌면 당연한 것처럼
돼버렸다. 매일 같이 기획회의와 아이템회의가
이어진다. 녹초가 되고 마는 삽입섹스 씬 같은 촬영이
끝나도 집에 가서 쉬는 게 아니라 곧장 회의실로
직행해야 하는 경우가 적지 않다.
은비 씨는 스스로 자신이 욕심이 상당히 많은 편이라고
생각하고 있다. 남들에게 뒤처지기 싫어한다. 휴식이
주어질 때도 어떻게 하면 일을 잘할 수 있을까 궁리한다.
말하자면 워커홀릭이라고 해야 할까? 베드신에서만큼은

상업영화든 독립영화든 포르노영화든 구분 없이 통틀어 최고가 되고 싶다. 그래서 상업영화나 독립영화에서 나오는 베드신들을 모조리 찾아보는 건 기본이다. 어떤 것들이 있는지 알아야 자신의 스타일을 좀 더 분명하게 확립할 수 있다. 일본이나 유럽 등 해외의 어덜트비디오 역시 빼놓을 수 없다. 종종 동료 배우들과 함께 혜화동 대학로 소극장에 연극을 보러가기도 한다. 우선 몸짓이나 대화하는 방법을 배울 수 있고, 또 잘 찾아보면 포르노에 준할 만한 수위가 상당히 높은 성인용 이야기가 올려지기 때문이다. 은비 씨 개인적으론, 스크린으로 베드신이나 노출연기를 보는 것과 소극장에서 직접 보는 건 경험적인 차이가 컸다. 늘 연구를 해서 성적인 자극이 생길만한 장면에 대해 고민한다. 크게 봐선 같은 행위를 한다고 하더라도 눈빛 하나 손짓 하나만으로도 퀄리티가 완전히 달라질 수 있다고 믿고 있다. 얼마 전에 어떤 책에서 읽은 내용 중에, 이동진과 김중혁이 문학작품에 관해 얘기하는 대화집이었나? 아무튼 무엇을 쓰느냐가 아니라, 어떻게 쓰느냐가 더 중요하다라는 식의 대목이 있었는데, 은비 씨로선 크게 공감할 수밖에 없었다.

어차피 주제는 섹스다. 혀와 혀, 혀와 성기, 성기와 성기의 섞임이다. 하지만 야하지 않은 섹스도 있다. 섹슈얼한 감흥을 주지 못하는 섹스도 있는 것이다. 그런 건 청소년용 성교육영상과 별로 다를 게 없다.
은퇴에 대한 생각이 점점 많아지고 있는 은비 씨에게 어제 출근길에는 평소 같지 않은 일이 벌어졌다. 난데없이 처음 보는 한 청년이 자신에게 불쑥 말을 걸어왔던 것이다. 있잖아요, 라고 하면서. 그때 은비 씨는 지하철역으로 막 들어가려는 중이었다. 평소와 다름없는 출근길이었다. 말을 걸어온 청년을 무시하고 계속 앞만 보고 걸었지만 그는 종종걸음으로 은비 씨 뒤를 졸졸 쫓아 왔다.
"지난번에도 봤어요. 바로 여기서요."
청년이 말했다.
"실은 당신이 누군지 알아요. 예전에 그거 본 적이 있어요."
은비 씨는 조금 놀란 눈이 되었지만 이내 입가에 잔잔한 미소를 머금었다. 은비 씨는 청년의 기분이 상하지 않을 만큼만 머리끝부터 발끝까지 한번 죽 훑어봤다. 상당히 보이쉬하네. 브래지어는 일부러 하지 않은 것 같고.

쇼미더머니 같은 프로그램을 좋아할 것 같은 스타일. 그 정도가 아주 젊은 사람에게서 받은 첫인상이었다. 만약 시간만 충분하다면 눈을 마주치고 몇 마디 말을 주고받아도 그리 나쁠 것 같진 않았다. 하지만 지하철 도착 시간에 딱 맞춰 집에서 나온 터였고, 이런 데서 꾸물꾸물 지체하다간 잘못하면 놓쳐버리고 만다. 은비 씨는 고개를 살짝 숙여 보인 뒤에 좀 더 발걸음을 빨리 하여 계단을 내려갔다. 구두 굽이 귓가를 울릴 만큼 꽤나 큰 소리를 만들어냈다.
"항상 이 시간에 어딜 가야하나 봐요."
청년의 단화에선 아무 소리가 나지 않았다.
"잠깐만요. 잠시만 저희와 대화해요. 저희들이 도와드릴 수 있는 부분이 분명히 있을 거예요."
은비 씨는 청년이 지금 무슨 말을 하고 있는 건지 전혀 감을 잡을 수가 없었다. 도대체 무엇을 도와주겠다는 얘긴가. 그리고 '저희'는 누구인가. 자신 말고 또 누가 근처에 있다는 말인가? 은비 씨는 두려운 마음이 들고 말았다. 어서 이곳을 벗어나고 싶었.
단 한 마디도 대꾸를 하지 않았음에도 불구하고 그 청년은 개찰구 바로 앞까지 따라왔다. 끊임없이 말을 걸면서 말이다. 병원, 의사, 무료치료, 정신과, 재활, 보호 같은 단어들이 정신없이 귓가를 파고들었다. 은비 씨는 아예 그쪽으론 고개를 돌리지 않았다.
"조금만 용기 내면 그곳에서 벗어날 수 있어요. 당신은 절대 혼자가 아니랍니다."라고 하면서 청년은 개찰구를 막 통과하려는 은비 씨에게 종이로 된 명함을 건넸다. 받지 않으려고 했지만 억지로 손에 쥐어주는 통에 어쩔 수가 없었다. 당장 버려버리고 싶었지만 보는 앞에서 그러면 또 따라올 것만 같았다.
"법적인 도움을 받을 수도 있어요. 변호사님이 계시거든요. 영향력을 가진 단체 여럿과도 연대를 하고 있고요. 그중엔 기자들로 구성된 데도 있어요."
도망치듯이 뛰어서 한 층 아래 플랫폼에 도착했다. 가까이에 빈 곳이 있는데도 일부러 사람들이 많이 모인 곳으로 옮겨가서 지하철을 기다렸다. 누군가 자신을 보고 있는 것만 같은 기분에 몇 번씩이나 뒤를 돌아봤다. 다행히 청년의 모습은 보이지 않았다. 하지만 금방이라도 조금 전 그 목소리가 다시 들릴 것만 같았다. 잠시 후 열차가 들어온다는 안내방송이 나왔다. 정신이 멍해지도록 뛰어대던 가슴이 좀 진정되는 걸 느꼈다.

은비 씨

은비 씨는 명함에 적힌 내용을 눈에 한 번 담았다가 그대로 손에서 떨어뜨렸다. 지하철이 왔고 은비 씨는 안으로 들어갔다. 문이 닫혔다.

신해철을 듣는 밤

잠이 오지 않았다. 스탠드 불을 켰다. 보통은 습관처럼 라디오를 켤 텐데 오늘은 좀 달랐다. 음악을 듣고 싶었다. 신해철이 생각났다.
잠시 유튜브로 해결할까 했지만 그건 왠지 내키지 않았다. 인터넷에 접속하고 싶지는 않았다. 어딘가에 아직 있을 텐데, 버리진 않았을 테니까. 있을 거야, 있을 거야, 하면서 방 안을 뒤지기 시작했다. 여기저기 헤집다가 마침내 책꽂이에서 그것을 발견했다. 보지도 않는 책들과 뒤섞여 깊숙한 지점에 들어가 있던 걸 겨우 끄집어내었던 것이다.

중학교 3학년 겨울방학 때 종로 타워레코드에서 산 카세트테이프. 모서리가 닳고 좀 찢어지긴 했지만 자켓도 그대로다. 카세트를 작동시킨 후 침대에 누웠다.

Play

1. 먼 훗날 언젠가
2. Lazenca, Save Us
3. 우리 앞의 생이 끝나갈 때
4. 일상으로의 초대
5. 민물장어의 꿈
6. 인형의 기사

Reverse

1. 슬픈 표정 하지 말아요
2. 내 마음 깊은 곳의 너
3. Here, I stand for you

4. 해에게서 소년에게

5. 나에게 쓰는 편지

6. 절망에 관하여

Reverse

1. 먼 훗날 언젠가

2. Lazenca, Save Us

3. 우리 앞의 생이 끝나갈 때

4. 일상으로의 초대

5. 민물장어의 꿈

6. 인형의 기사

Reverse

1. 슬픈 표정 하지 말아요

2. 내 마음 깊은 곳의 너

3. Here, I stand for you

4. 해에게서 소년에게
5. 나에게 쓰는 편지
6. 절망에 관하여

Reverse

Reverse

Reverse

Reverse

Reverse

모모+님

"작가님이 나타나셨군."
"오, 고마워요."
"어쩐 일이야? 죽은 줄 알았는데."
"용하게 아직까지 버티시네요. 매일 그놈 똥구녕 닦아드리는 건 아니겠죠?"
"개새끼?"
"아뇨. 씹쌔끼요."
43도짜리 액체가 몸속에 쏟아져 들어오자 온몸에 활력이 돈다. 이제야 말할 힘이 난다. 나는 단숨에 끝까지 털어 넣었고 빈 잔을 주인 앞으로 밀었다.

아저씨는 말없이 헤네시 병마개를 열고 절반가량 따라서 내 앞에 내려놓았다. 나는 잔을 집어 양옆으로 조금 흔들었다. 찰랑찰랑하지만 넘치지는 않을 정도로.
낮에 재수 없는 일이 있었다. 문예지 편집장을 만난 자리에서였다. 초장부터 분위기가 그리 좋지 않았다. 그러고 보니 인상도 썩 좋지 않았던 것 같다. 발단은 호칭이었다. 그는 이름 끝에 '님'자를 붙여서 나를 불렀다. 어쨌거나 님이라는 말은 존칭어였기 때문에 나는 존중받는다는 기분이 들었다. 장소가 장소인 만큼, 그리고 상대방이 편집장인 만큼 되도록 작가라는 호칭을 듣고 싶었지만 그는 그런 표현은 일절 사용하지 않았다. 아쉬워도 어쩔 수 없었다. 원래가 그런 것이려니 하고서 듣고 싶은 호칭으로 불리는 걸 단념했다. 제각기 타인을 대하는 고유한 스타일이라는 건 존재할 테니까. 하지만 어느 한 순간 그게 아닐지도 모른다는 생각이 들었다. 단순히 스타일의 문제가 아닐 수 있었다. 대화 도중에 걸려온 전화 한 통 때문이었다.
그는 말끝마다, 혹은 첫마디마다 나로선 얼굴을 알 수 없는 상대방을 향해 꼬박꼬박 "작가님"하고 불렀다. 혹시나 하며 편집장이 나에게 그러듯이 그 사람에게도

○○님이라고 하지 않을까 하며 묘한 기대심을 가지고서 지켜보았지만 단 한 차례도 그는 실수 따윈 용납하지 않았다. 나는 전화를 끊은 다음에는 그가 나를 어떻게 부를지가 궁금했다. 관성의 법칙이라는 게 중력이 작동하는 세계에는 엄연히 존재하는 법이니까. 그러나 전화를 끊고 나서는 편집장은 나를 향해서 다시금 '이름 플러스(+) 님'이라고 불렀다. 모모님, 모모님. 모모+님. 차근차근 내 단편소설의 편집방향에 관한 이야기가 이어졌다. 그는 계속해서 나를 님이라고 불렀다. 차라리 호칭을 안 사용했으면 하는 마음까지 들었다. 나는 내색하지 않으려고 무척이나 애를 썼다. 아마도 들키거나 하지는 않았을 것이다. 얼굴이 울그락불그락 하는 정도는 됐을 텐데, 그래봤자 얼굴색이 좀 바뀌는 정도로는, 아마도 이 인간이 똥이 마려워서 그러나 보다 하고 짐작하고 말았을 수준 밖에는 안 되었다. 그러다 결정적으로 내가 따져 물은 지점이 있었다. 참고로, 난 화가 날수록 토씨 하나 틀리지 않고 기억하는 버릇이 있다. 읽는 것이든, 말하는 것이든, 듣는 것이든 관계없다. 한 치의 오차도 없이 정확히 이런 대화였다. "독자투고요?" 하고 내가 물었다. 난 의도적으로 음성에

감정을 집어넣었다.

편집장은 먼저 고개를 가볍게 끄덕이더니 "네."라고 대답했다.

"그럼 제가 독자라는 말씀이시군요? 10년 동안 소설을 써왔는데도 말예요."

"모모님, 좀 언짢으신 모양입니다. 그렇지만 우리 모두가 사실 독자인 것이죠. 따지고 보면요. 안 그래요?"

"따지고 들다보면 그렇긴 하겠죠."

"물론입니다."

"그러면."

나는 테이블에 놓여있는 과월호를 가리킨 다음 볼드체로 표기된 한 이름을 검지로 짚었다.

"이분도 독자투고로 실리게 되나요? 이번 호에 단편소설이 들어가는 걸로 알고 있는데."

"아, 그렇진 않죠. 그 작가님은 코너가 원래 따로 있습니다. 그리고 작가에겐 투고를 받진 않습니다. 설령 투고가 들어온다고 해도 싣는 것은 아니고요. 우리 쪽에서 먼저 청탁을 드리는 게 원칙입니다."

"……"

편집장은 내 표정을 보더니 조금 웃었다.

"이해합니다. 힘들게 쓰신 소설이 독자투고란에 실리는 게 좀 그러실 수 있다는 것을요. 하지만 한번 잘 생각해보셨으면 좋겠습니다. 마음을 우선 차분히 가라앉히신 상태에서요."
그는 나에게 시간을 줬다. 그러고서 다시 말을 이어갔다.
"만일 모모님의 글이 작가들의 코너에 들어가게 된다면 어떤 혼란이 일어날지 혹시 예상하시겠습니까? 발행이 된 그날부터 온갖 곳에서 컴플레인이 들어올 것입니다. 등단을 하지 못한 일반사람의 글이 어떻게 작가코너에 들어가게 되었느냐는 항의전화죠. 전국각지뿐만 아니라 해외에서도 날아들 겁니다. 저는, 아주 오래전부터 우리 잡지를 소중하게 아껴주시는 애독자들에게 실망과 상실감을 안겨드리고 싶진 않습니다. 전화를 받느라 업무가 마비가 되어버리는 것쯤이야 둘째문제고요. 더 심각한 건, 그렇게 되면 작가들도 우리 문예지에 더 이상 글을 주려고 하지 않을 겁니다. 본인들이 제대로 된 대우를 받지 못한다고 느낄 테니까요."
"그렇지만……"
"정 내키지 않으시면, 어쩔 수 없지요. 처음부터 없던 일로 하셔도 됩니다. 아쉽지만 모모님의 글은 다른

모모+님

기회에 선보이는 것으로 하죠. 그래도 될까요?"
"아니요, 아니요. 그건 아닙니다."

페달을 신나게 밟자

타이어와 체인을 교체했다. 얼마예요? 십삼만 원만 줘. 네? 사정을 많이 봐준 거야. 아직 학생인 거 같으니까. 그래도 밖에는 구만구천 원이라고 되어있는 것 같던데요? 그건 이것보다 싼 거야. 대놓고 말은 못하지만, 실은 별로 좋은 게 아니라고. 주인아저씨의 표정은 온화했고 말투는 여유로웠다. 그럼 만 원 깎아주세요. 아주 죽이는 걸로 바꿔놓고 이거 왜 그래? 겨우 만 원 갖고. 만 원이면 롯데월드 어드벤처 입장권 살 수 있어요. 메추리알은 한 서른 개 정도 살 수 있을 거구요. 에이, 설마. 좀 자잘하긴 해도 그렇게까진

못 사. 한 스무 개면 몰라도. 그런데 보기보다 입맛이
어른스럽구나. 동글동글하게 생긴 아이스크림이에요.
꼭지를 싹둑 잘라서 쪽쪽 빨아먹는. 난 또. 그거 내가
사줄게. 얼마야? 안 돼요. 깎아주세요.
내가 좀처럼 물러설 기미를 보이지 않자 아저씨는
허 이거 참, 이라고 중얼거리면서 가게 구석에서 뭘 하나
집어왔다. 돌돌 말리고 길쭉하며 딱딱해 보이는 물체.
받아. 서비스야. 손으로 대충 툭툭 먼지를 털어낸 뒤에
내게 건넸다. 뭔지 알겠지? 전도야. 우리나라 전도. 난
알아듣지 못했다. 문맥상 교회 같은 곳에서 하는 전도를
말하는 것 같지는 않았다. 설마 물리적인 열의 전도율
같은 걸 얘기하는 것도 아니겠지. 전도요? 전도 몰라?
지도 말야. 전체가 다 나와 있는 커다란 지도. 알겠어요.
알겠어? 그거 진짜 비싼 거야.
새 타이어와 기름칠이 듬뿍 칠해진 체인은 이전 같으면
페달을 두 번 밟을 걸 살짝 한 번만 밟아도 충분할
만큼 앞으로 나아가게 만들어주었다. 새가 되어본
적은 없어서 어디까지나 상상일 뿐이지만 날아간다는
게 이런 느낌은 아닐까. 전도를 펼쳐서 갈 만한 곳을
물색했다. 남쪽과 동쪽과 서쪽은 모두 익숙했다. 길가의

냄새, 바람의 촉감, 소리, 뭐 그런 것들. 익숙한 느낌이
주는 무감흥이 싫었다. 페달을 밟는 발만 아플 뿐이다.
북쪽으로 방향을 정했다.
그쪽으로 가다보면 한 번도 가보지 않았던 곳으로
갈 수 있을 것 같았다. 아무에게도 알려지지 않은
세계를 만날지도 모른다. 끝내 그런 장소에 도달하지
못한다 해도 괜찮다. 방향을 정한 것만으로도 벌써
가슴이 벅차고 설레니까. 모험가라는 단어 하나가
머릿속에 떠올랐다. 슈퍼마켓에 들러 메추리알을
샀다. 바로 먹고 싶었지만 너무 딱딱했다. 물컹물컹한
상태가 될 때까지 기다렸다가 먹기로 했다. 하는 수없이
손톱깎기용 가위까지 하나 사버렸다. 메추리알 꼭지는
'혹시 이 부분을 잘라서 먹으라는 건가?' 할 정도로
아주 조그만 할뿐만 아니라 또 무척 질겨서 이빨로
물어뜯어서는 여간해선 힘들다. 재질이 질긴 고무다.
아무리 힘껏 잡아당겨도 찢어지는 일 따윈 없다.
일반적인 쭈쭈바 꼭지와는 전적으로 다르다. 백팩에
모두 집어넣고 자전거를 탔다.
나는 듯이 앞으로 나아갔다. 중간에 전도를 보며 맞게
가고 있는지 확인했다. 솔직히 어디가 어딘지 알기

페달을 신나게 밟자

힘들었다. 사소한 도로까지 나와 있진 않았다. 그렇다고 12차선 고속도로가 표기돼있는 것도 아니었다. 상관하지 않기로 맘먹었다. 어차피 정해놓은 목적지 같은 건 없다. 느낌으로 북쪽이라고 하는 방향만 맞으면 페달을 신나게 밟았다. 한참을 달렸다. 더는 감조차 믿기 어려워졌을 때 멈춰 세웠다. 도대체 이곳이 어디쯤인지 알기 어려웠다. 흔한 이정표 하나 세워져있지 않았다. '너무 멀리 와버린 걸까?' 조금씩 후회가 되기 시작할 무렵, 등받이가 없는 벤치가 눈에 띄었다. 그곳은 열매가 주렁주렁 매달린 커다란 나무가 그늘을 만들어주고 있었고 허리 정도 올라오는 풀숲이 주위를 사면으로 빙 두르고 있었다. 어딘지 본 듯한 동네였다. 어디에서 봤는지는, 몇 살 때 봤는지는 기억나지 않았다. 그저 분명히 보긴 봤어, 라는 인상을 주는 동네였다. 말할 것도 없이, 당연히 처음 온 장소였다. 그런데도 왠지 낯익은 느낌을 받는 데는 이유가 있을 거라고 생각했다. 나는 벤치에 턱을 괴고 앉았다. 시간이 좀 지나서는 아예 머리를 대고 누웠다. 맞춘 것처럼 사이즈가 꼭 맞았다. 반듯하게 누워 코끝이 가장 먼 곳을 향하게 하였다. 난 누군가를 맞닥뜨렸다. 나와 눈이 마주친 그는 뭔가 할 말이 있는 얼굴이었다.

표정만 그랬을 뿐, 정작 어떤 말도 있지는 않았다. 나는 더 이상 기다리지 못하고 먼저 입을 열었다. 상상했던 대로예요. 그렇게 말하고 나는 곧장 후회했다. 듣기는 했을 테지만 대답은 끝내 없었다. 그대로 사라져버렸다. 창문을 닫고 창가에서 멀찍이 물러선 것 같다고 해야 할까. 난 콧구멍 안에 검지를 집어넣어 코를 후볐고 손톱을 물어뜯었다. 누군지 안다. 영화나 그림에서 많이 보았던 바로 그 사람. 교회학교 주일예배시간이면 설교하는 전도사 옆에서 양손을 포갠 채 좌정해있는 것같이 느껴지던 부드러운 눈동자를 가진 장발의 젠틀맨. 그렇지만 한번 화가 나면 교회에서 장사하는 자들의 상을 뒤집어엎어버리고 머리에 관을 쓰고 무릎에 닿도록 수염을 기른 선생들을 향해서는 이 독사 새끼들아 라는 욕설도 신랄하게 내뱉을 줄 알았던 카리스마의 원형. 근데 상상대로였다니.
그 말을 하려던 건 아니었다. 얼떨결에 무심코 나왔을 뿐이다. 얼마나 실망했을까. 그냥 평범하게, 처음 뵈어요, 라고 말할걸. 앞니 사이에 낀 손톱조각을 혀끝으로 밀어내 퉤, 뱉었다. 백팩을 열어 메추리알을 꺼냈다. 아직 딱딱했다. 한참동안 손으로 주물거리고 있었는데 가까이에서 뭔가 소리가 들렸다. 풀잎과 가느다란 가지들이 서로 부딪힐 때 나는 소리였다. 잠시 후 한 커플이 풀숲에서 몸을 일으켰다. 허리를 완전히 펴지도 못한 채 엉거주춤 서서 목구멍에 급하게 씹다 삼킨 사과라도 턱 걸려있는 목소리로, 갔나요? 라고 물어왔다. 나는 고개를 끄덕여주었다. 그들은 그제야 안심이 되는지 어깨를 어느 정도는 폈지만 다는 아니었다. 내 시선이 부담스러운 것 같았다. 고마워요. 두 사람은 꽤나 바쁜 듯이 보였지만 인사를 잊지 않았다. 여기 사세요? 원래는 그랬죠. 하지만 이젠 아니에요. 난 커플이 하는 말을 제대로 알아들었다. 두 사람이 누군지 안다. 속옷도 입지 않고 서로에게 의지하듯 몸을 밀착하고 있는데다가 이제는 쫓겨나는 신세가 되었으므로. 역시 듣던 대로였다. 떠나야 해서 이만. 잠시만요. 나는 이제 막 녹기 시작한 메추리알의 꼭지를 가위로 잘랐다. 그런 다음 양 볼이 쏙 들어가도록 빨았다. 땀이 다 났다. 이윽고 내용물이 제거된 고무껍데기만 남게 되었는데 크기가 새끼손가락보다도 작았다. 손바닥에 올려놓고 두 사람 쪽으로 내밀었다. 선물로 주고 싶어요. 이게 뭔가요? 만남을 기억하기

위한 증표 같은 거죠. 그것을 한번 길게 잡아당겨
보였다.

페달을 신나게 밟자

◆ 사다리

멀리 긴 줄이 보인다. 아마도 미술관은 그 앞에 있을 것이다. 아이들은 신이 나서 우리 둘을 앞지른다. 애인이 내 손을 꼭 쥔다. 손을 잡고 걸어도 땀이 배지 않는다. 크게 숨을 들이마셨다. 마스크를 잠시 벗고 있어도 될 만큼 공기도 안정적이다. 한 번씩 바람이 돌풍처럼 일어나서 치마와 머리를 날리고 이따금씩 티끌이 눈에 들어오는 것만 빼면 근래 들어 가장 좋은 날씨다. 백에서 적당한 굵기의 헤어링 하나를 꺼냈다. 아무런 장식도 문양도 없는 심플한 스타일. 나는 폰트로 치면 명조 같은 느낌이 나는 액세서리가 좋다. 머리가 더 이상 이리저리 바람에 휩쓸려 다니지 못하도록 묶었다.
우리 가족이 미술관에 놀러온 목적은 단순하다. 책으로 만들어진 사다리를 보는 것. TV나 인터넷으로만 보던 걸 두 눈으로 직접 보고 싶어서다. 어쩌면 애인도 애들도 별 생각이 없었는데 나 때문에 억지로 끌려나왔는지도 모른다는 생각이 들어 조금 미안해진다. 그래도 알면서도 모르는 체 내 욕심을 채웠던 건 북디자인으로서 백 년 전의 책들을 몸을 바짝 붙인 채 가까이에서 한껏 느끼고 싶었기 때문이다. 판형과 모양은 어떤지, 서체는 어떤지, 이미지와 활자의 배치, 타이포그래피는 어떤지, 당시의 디자인트렌드는 어떠했는지, 제본 상태는 어떤지, 종이는 어떤 걸 주로 사용했는지 등등에 관해서 말이다. 오래된 책에서만 나는 냄새를 맡을 수 있는 기회이기도 했다.
세기의 발견이라고 할 만큼 떠들썩했던 게 엊그제 같은데 벌써 2년도 더 된 일이 돼버렸다. 그간 고고학자들과 과학자들은 말할 것도 없고 뭔가 땅바닥으로 부스러기라도 떨어진다면 잽싸게 주워 먹을 태세로 콧구멍을 벌름거리고 끈적끈적한 침까지 질질 흘리며 주위를 뱅뱅 맴도는 정치인들이 온통 사다리를 차지하고 있던 탓에 우리 같은 일반인들은 그들이 선심인 양 제공해주는 영상과 사진으로 만족하는 수밖엔 없었다. 다른 사람들은 너그럽게 이해했는지 모르겠지만 나는 너무 답답함을 느꼈다. 무슨 엄청난 비밀을 밝히려고 그렇게까지 했는지는 고고학에 문외한인 나로선 알 수 없는 노릇이다. 그들 나름대로는 어떤 거창한 이유가 필시 있을 것이다. 그러나 그렇다 해도 권위적인 인상을 지울 순 없다. 처음부터 일정 시간은 대외적으로 공개하고 나머지 시간을 이용해서 전문가들이 연구를 진행했다면 어땠을까 한다. 유물은 당연히 나라의 것이라는 오래된 관념은 외계인의 첫 공식적인 방문 후 그들 행성과 지구간에 교류가 본격적으로 이뤄지기 시작한 현재까지도 여전히 지배적이다.

차도에서 교통통제가 필요할 만큼 줄이 길긴 했지만 예상 외로 금세 줄어들었다. 기다린 지 채 20분이 안 된 것 같았는데 실내로 입장할 수 있었다. 한 시간은 기본으로 생각하고 있던 터였기에 좋으면서도 한편으론 고개가 갸우뚱해졌다. "그래도 너무 빠른데?" 애인도 느낀 것 같았다. 삼청동 MMCA 현대미술관 안에선

구역을 나눠 여러 가지 전시를 동시에 하고 있었지만
역시 메인은 사다리였다. 나란히 줄을 섰던 사람들
대부분이 사다리가 놓여있는 전시관을 향해 똑바로
걸었다. 다들 우리처럼 그것을 보러 온 것이었다.
특별전시관 안으로 들어섰다. 눈앞에는 영상과
사진으로만 봤던 이미지가 실체가 되어 놓여있었다.
작은 애가 "공룡 같아! 브라키오사우루스!"라고 하며
소리를 질렀고 나는 재빨리 입술에 손가락을 가져다대며
주위를 줬다. 하지만 나도 하마터면 소리를 지를
뻔했다는 고백을 해야겠다. 펜스를 붙잡고 사다리를
올려다봤다. 사다리는 천장에 닿을락 말락 할 정도였다.
그러고선 밑을 내려다봤다. 절벽에 매달린 것처럼
아찔한 기분이 들었다. 안전용 펜스를 잡은 손에 힘이
들어갔다. 도무지 끝이 가늠이 되지 않을 만큼 깊었다.
깊숙하게 구덩이를 파서 천장에는 닿지 않게끔 가까스로
맞출 수 있었던 것 같다. 조금 과장하면 조금만 더 파면
지옥이 나올지도 모른다. 규모에 어느 정도 적응을 한
후에 난 가만히 사다리에 시선을 맞췄다.
한 권 한 권 주의 깊게 관찰하고 있을 때 안내방송이
흘러나왔다. 지하로 내려가서 맨 밑에서부터 보길

사다리

원하는 관광객은 곤돌라에 탑승하라는 내용이었다.
사람들은 탑승구로 모여들었고 차례차례 4인용
곤돌라에 몸을 실었다.

◆ 우산

밤부터 비가 내린다. 아침에 눈을 떠서도 비가 내린다면 밖으로 나가야겠다는 생각을 하고 침대에 누웠던 것 같다.
"우산 하나만 주세요."
저쪽에 있어요, 하면서 그가 손으로 가리켰다.
다양하긴 했지만 마음에 드는 디자인은 보이지 않았다.
색깔은 투명한 비닐이나 검정색뿐이다. "다른 건 없나요?"하고 물었을 때 그는 살짝 고개를 저었다.
창밖을 잠깐 바라봤다. 다른 편의점은 여기서 제법 걸어가야 나온다. 우산꽂이 앞에 서서 이것저것

꺼내보고 있을 때, 그가 "손님, 그러면"하면서 말을
걸어왔다. 난 그를 향해 돌아섰다. 손에는 우산 하나가
들려있었다.
"주인 잃은 우산이 하나 있는데, 일 년 가까이 됐어요.
괜찮으시면 이거라도."
내 쪽으로 내밀었다. 신고 나온 샌들과 어울렸다.
"얼마예요?"
내가 한 말에 그가 웃었다.
"그냥 드릴게요."
손잡이가 지팡이캔디처럼 생긴 우산이었다. 파스텔 톤
짙은 오렌지 컬러.
우산을 썼다. 버튼식이 아니어서 직접 손으로 밀어
펼쳐야 했다. 타원형 홈이 걸쇠에 들어가자 착, 하는
소리가 났다. 수동형 우산만 가지는 소리와 감촉.
1년이면 제법 오래된 것일 텐데 녹슨 부분이 눈에 띄지
않는다. 가끔 기름칠이라도 해둔 걸까? 관리가 잘된
느낌. 빗방울이 맨발에 닿는다.
비오는 날은 구름이 잘 보인다. 색깔과 모양, 크기
같은 생김새는 물론이고 어디로 가고 있는지도 알
수 있다. 정류장에서 맨 먼저 도착한 버스를 타고

모르는 동네에서 내렸다. 골목을 따라 가다보면
우연히 발견하는 것들이 있다. 오늘은 공방과
스튜디오, 인쇄소와 목공소, 찻집과 카페가 들어차
있는 골목이다. 모두가 작은, 이라고 하는 형용사에
어울리는 가게들이었다. 난 그 안에서 오랫동안 걷거나
앉아있었다.
돌아가기 전에 미리 봐둔 곳에 들렀다. 문밖 우산
몇 개가 들어있는 원통에 잠시 동안만 내 것인 것도
세워뒀다. 유리문을 열고 안으로 들어가 쟁반 위에
뒷면이 비치는 얇은 종이 한 장을 깐 다음 집게를
들었다. 매장 구석구석 돌아다니며 테이블과 선반에
올라와있는 빵을 보았다. 내가 쉽게 못 고르고 망설이고
있는 인상을 준 것일까, 점원이 다가왔다.
"찾으시는 거라도 있으세요?"
상냥하고 친절했다.
"아뇨. 특별히."
"혹시 선물하시는 거세요?"
"꼭 그렇기보단 그냥"
말끝을 흐리고 말았다.
"행사기간이라 서비스로 잼 하나를 같이 드려요. 네

가지 종류 중에 선택하실 수 있어요."

눈치 빠른 점원은 내가 스콘이 가득 담긴 바구니 앞을 가장 많이 서성이고 있다는 걸 알고 있었다.

"이걸로 할게요."

쟁반에 두 개 담았다.

"하나는 포장 부탁드려요."

"어떤 걸로 하시겠어요?"

점원이 잼 종류를 보여줬다. 스트로베리, 초콜릿, 피치, 오렌지.

하나는 오는 길에 버스에서 먹었다. 조금씩 떼어 입 안에 넣었다. 건포도나 견과류가 없는 오리지널 스콘. 버터향이 아주 진했다. 속도 촉촉해서 하나 더 살 걸, 하는 마음이 들 정도였다. 도착할 무렵에는 비가 내리지 않았다. 내려야 하는 곳에서 버스 문이 열렸고 난 물이 고인 웅덩이를 뛰어넘었다.

지금은 기억나지 않지만

알람을 끄고 노래를 틀었다. 강백수. 보고 싶었어. 밤새
반쯤 열어놓은 창문 밖을 바라봤다. 바람과 새소리,
구름의 그림자와 선명해지고 있는 건물들. 두 번 더
같은 노랠 재생시킨 뒤에도 일어나기 싫었다. 냉장고
문을 열어 병째 물을 마시고 화장실로 가 오줌을
누었다. 그러다 문득 아직까지도 조금 전에 꾸었던 꿈이
기억나고 있다는 걸 알아차렸다. 얼굴과 목소리, 느낌과
감촉. 장소와 학교 이름 같은 구체적인 내용도 떠올랐다.
나는 노트북을 켰다. 워드 창을 띄워 꿈에서 있었던 일을
적었다. 기억나는 대로. 마음이 급했다. 문이 완전히

닫히기 전에 모든 걸 옮겨 담고 싶었다.
어떤 계기였는지 지금은 기억나지 않지만, 아무튼 나는
높은 곳을 찾아서 올라갔다. 케이블카로 올라가는 게
적당할 것 같은 높이였다. 케이블카 같은 건 어디에도
보이지 않았다. 계단은 있었다. 거기서 어떤 여자를
만났고 그를 좋아하는 감정을 갖게 됐다. 그도 나를
좋아하는 것 같았다. 잠시 그가 보이지 않게 되었을 때
그곳에서, 그러니까 아직 그 높은 장소에서 또 다른
여자를 만나게 되었다. 나는 그 여자에게 내가 알고 있는
여자가 어디에 있는지를 물었고 그 여자는 내게 위치를
알려주었다. 굉장히 침착하고 어딘지 매력적인 구석이
있어서 계속 보고 싶은 사람이었다. 아마도 처음에 만난
여자를 찾기 위해서였던 것 같은데, 여자와 나, 우리 두
사람은 높은 곳에서 낮은 곳으로 함께 내려갔다. 도중에
난 옆에 있는 여자의 이마에 입맞춤을 했다. 그때 이미
나는 원래의 목적, 만나고 싶었던 여자가 아니라도
좋다는 생각을 했던 것 같다. 더는 밟을 계단이 없이
다 내려왔을 때 아주대학교 과 점퍼를 입은 학생들이
웅크리고 앉아 땅에서 뭔가를 관찰하고 있었다. 나는
그게 뭔지 몰랐으나 여자는 그게 석류뿌리라고 했다.

그러면서 그는 뿌리 하나를 당겨서 뽑더니 내게
보여줬다. 나는 그것을 신기해했고 우리는 그것을
아주대학교 학생들에게 선물로 주었다. 그러고선 그를
따라 길을 계속 갔다. 한편으로 아주대학교는 이곳에서
상당히 멀리 떨어져 있는 걸로 아는데 어떻게 학생들이
여기까지 왔구나, 하는 생각을 했던 것 같다. 한강이
나왔고 강변 아래 어떤 건물로 들어갔다. 이곳에 이런
것이 있었나 하는 생각이 들 정도로 나로선 처음 보는
건물이었다. 그 안은 몹시 어두웠다. 아픈 사람들이 좀
있는 것 같았다. 얼마쯤 아래로 내려갔을 때 그는 여기에
나의 엄마가 있다고 했다. 나는 그의 엄마를 만났다.
아주 고왔다. 미인이었다. 스스로 일어날 수 없기에
나더러 안아서 일으켜달라고 했다. 엄마 옆에 있던
여자가 내게 자신도 안아서 들어 올릴 수 있는지 알고
싶다고 했다. 할 수 있을 것 같았고 나는 두 사람을 모두
안아서 들어올렸다. 여자의 엄마는 여자에게 책을 읽는
건 언제라도 할 수 있으니 결혼을 하라고 했다. 여자는
아예 대답조차 안 했다. 하지만 듣기는 들었을 것이다.
- 꿈에 관한 기록
며칠이 지나 주말이 되었고 아내에게는 책 좀 사러

가겠다고 말하고서 밖으로 나왔다. 막상 나오고 보니
어느 곳으로 가야할지 막막했다. 구체적인 것 같이
여겨졌던 장소가 너무 막연하게만 느껴졌다. 그래도
일단은 지하철을 탔다. 그러곤 한강으로 갔다. 노선도를
보며 적당해 보이는 역에서 내렸다. 강변을 따라 걸었다.
달리기를 하는 사람들과 자전거 소리, 물의 냄새와 어떤
하늘. 걷는 도중에는 계속해서 내가 알고 있는 모습들을
찾았다. 케이블카를 이용해야 할 만큼 높은 곳과 계단,
과 점퍼를 입은 아주대학교 학생들을 만났던 계단 밑
공간, 석류뿌리를 캐내었던 땅, 강변 아래 실내가 무척
어두운 건물 같은 거였다.

일치하는 것이 없었다. 단 한 군데도. 높은 곳이 있는
지점에서는 한강이 보이지 않았고, 한강이 있는 곳에선
높은 곳이 나타나지 않았다. 간혹 높은 곳과 한강 둘 다
하나의 시야에 포함되어 있다고 봐도 될 만한 곳에서는
강변 아래에 어떠한 건물도 없었다. 너무 오래 서
있었다는 생각이 들었고 그래서인지는 몰라도 다리가
아픈 것 같았다. 이렇게 많이 걷기는 아주 오랜만이었다.
걸음을 멈췄다. 제자리에 서서 앉을 만한 곳을 찾았다.
조용하고 조금 쉬었다가기에 적당한 공간. 분위기 좋은

카페였으면 좋겠다 싶었다. 맘먹고 찾으려고 드니 제법 여럿 눈에 띄었다. 꿈속의 모습들을 찾을 때와는 양상이 달랐다. 그러나 강변을 따라 줄지어 늘어선 카페는 분위기라든지 실내장식이 멋스럽긴 하지만 혼자만의 시간을 방해할 만한 요소들이 적지 않을 것 같았다. 좀 더 안쪽으로, 강변과 떨어져 있는 쪽으로 방향을 잡고 걸었다. 작은 공터를 지나 계단이 나왔고 나는 거기에 한 발을 올려놓았다. 하나씩 계단을 밟아 높은 곳으로 올라갔다.

작업실의 유령

홍콩 소호에 있는 퍼시픽커피에 들러 커피 한 잔을
사서 작업실로 돌아왔다. 시럽을 넣지 않은 다크한
플랫화이트. 전등 스위치를 켜고 문을 닫았다. 라디오를
튼 다음 외투를 벗어 옷걸이에 걸었다. Ave Maria.
많이 들어본 목소리긴 한데 누군지는 모르겠다. 이
노래만큼은 개인적으론 팝송가수의 것보단 성악가가
부르는 걸 선호하는 편이다. 화려한 기교 없이
발성만으로 악보에 적힌 계이름을 꾹꾹 누르듯이 아주
단순하게 부르는 게 좋다. 남성 성악가보단 여성이,
또 그중에서는 소프라노보단 알토가 듣기 편하다.

바이올린보다는 첼로로 즐기는 느낌이랄까. 밤에 더 잘 어울린다. 뭐가 됐든 심야시간대의 라디오는 마음을 안정적으로 만들어준다. 나는 벽에 붙어있는 사진에 눈을 맞췄다. A3 사이즈의 낡은 사진 하나. 우리집에 놀러 와서 내 작업실에 들어와 본 사람들이 하는 공통된 질문이 하나 있다.

- 저 사진은 뭐야?

별 건 아니다. 그냥 영화 속 장면 하나를 캡처해서 프린트해놓은 것이다. 용도는 가끔씩 작업실에 출몰하곤 하는 유령을 퇴치하기 위한 것이랄까. 부적 같은 거다. 한창 작업에 몰두하다 문득 고개를 들면 시야에 잘 잡히는 지점에 그게 있다. 발목 언저리까지 내려오는 광택 없는 검은 수단. 그것을 단정하게 갖춰 입은 두 젊은이. 그리고 그들의 양손에 쥐어진 줄 달린 책 꾸러미. 원래는 컬러로 인쇄해놓은 것이었는데 이제는 흑백사진이나 다를 바 없다.

〈신부수업〉이라는 오래된 한국영화가 있다. 난 이것을 달을 경유해서 화성으로 가는 우주선 안에서 봤다. 선내 식사로 나왔던 게 양고기 스테이크였나? 하여튼 비즈니스석에 앉아 칠레산 레드와인을 홀짝이며 나이프로 고기 같은 걸 썰면서 보았던 것 같다. 이 영화를 선택한 이유에 관해선 알지 못한다. 누구나 그렇겠지만 내게도 영화를 선택하는 혼자만의 기준이 있다. 기준에 부합하면 일단 보기 시작하고 부합하지 않는다면 아예 시작을 안 한다. 지금도 그렇고 그때도 그랬을 것이다. 당시에는 내 자신이 나름대로 볼 만할 작품이라는 판단을 내렸을 테지만 이제 그런 것은 모두 잊었다. 단지, 한 가지는 어렴풋하게 기억하는 게 있다. 화성에 놀러가면서 맷 데이먼이 나오는 〈마션〉 같은 영화는 너무 식상하잖아, 하며 속으로 중얼거렸던 기억이다.

극중에서 권상우와 김인권은 신학생이다. 아직 학생 신분이긴 하지만 이제 곧 있으면 졸업이고 또 로마가톨릭 사제 서품을 받을 예정인 자들이다. 모든 게 순조롭다. 우리 자신이 무척 대견하다. 아마도 그들은 그렇게 생각하지 않았을까. 그 일이 터지긴 전까진. 그날, 그들은 미사에서(미사를 가정한 교수와 학생들의 실습이었는지도 모른다. 아까도 말했지만 그런 디테일 한 건 완전히 까먹었다. 아무튼 졸업을 하는 데에, 무사히 사제 서품을 받는 데에 있어서 무척

중요한 상황이었던 것만큼은 확실하다.) 커다란 잘못을
저지르고 만다. 일어나선 안 될 일이 일어나버린 것이다.
두 사람은 자신들의 잘못에 대한 견책을 받게 되고,
그로 인해 잠시 신학교를 떠나게 된다. 학교와는 멀리
떨어져 있는 아주 작은 성당에서 당분간 지내도록 하는
내용의 처분이 내려진 것이었다. 내 방에 걸린 사진은
그 정도쯤에서 나온 장면이다. 두 사람이 마을버스에서
내려(아마도 그렇지 않았을까? 드론택시는 분명히
아니었던 것 같다.) 나란하게 어깨를 축 늘어뜨리고
터덜터덜 먼지 쌓인 비포장도로를 걸어가는 모습.
라디오에서 나오는 소리가 의식되었다. 침대에 함께
누운 채로 사귄 지 얼마 되지 않은 연인에게 속삭이는
것 같은 라디오디제이의 목소리가 살짝 늘어졌다가
원래대로 회복됐다. 시간으로 보자면 한 2초에서 3초
사이 정도. 좀 더 길게 잡는다 해도 4초까진 안 된다. 난
대번에 그것의 의미를 알아챘다. 유령이었다.
"일하는 중이니?"
언제나처럼 슬그머니 말을 걸어왔다.
"그럼 노는 것처럼 보여?"
난 유령을 향해 신경질적인 투로 대꾸했다. 한 모금,

커피를 마셨다. 그새 식었다. 오늘은 그냥 넘어가는 것
같았는데 예상이 틀려버렸다. 그렇지만 솔직히 말해서,
말을 주고받을 상대가 생긴 건 반가웠다. 물론 그 같은
감정을 내색하긴 싫었다. 그래서 더더욱 인상을 썼다.
절대로 알아차리지 못하도록.
"혼자서 뭐라고 중얼거리고 있던데?"
"글을 쓰고 있었어. 작업 중이었다고."
"중요한 거니?"
"하나마나한 작업 따윈 없어."
"그런데 입으로도 글을 쓰니?"
"주둥이로 물고 쓰든 엉덩이에 박아놓고 쓰든."
"오줌 누는 곳에 연필을 꽂아놓고 쓰든? 20세기
플럭서스의 구보타 시게코처럼 말야."
나는 굳이 대답하지 않았다. 고개만 절레절레 흔들었다.
"걱정이 돼서 그렇지. 병원에 가봐야 하는 게 아닐까
하구."
"네 걱정이나 하셔."
난 고개를 들어 힐끔 벽에 붙인 사진을 봤다. 특히 끈에
매달린 책 꾸러미에 시선을 주었다. 양손을 다 합쳐도
권수가 마흔 권이 채 안 될 것 같은 책 뭉치.

"아아악! 그만, 그만! 유치하게 그러지 마!"
유령의 약점쯤이야 익히 잘 알고 있다.
"썩 꺼져. 분위기 망치지 말고."
라디오 볼륨조절버튼에 손가락을 가져다댔다.
"잠깐만!"
막 누르려고 할 적에 유령이 소리쳤다.
"내 말 좀 들어봐."
"싫은데?"
"사진을 가져왔어. 니가 좋아할 만한."
"너도 참."
난 한숨을 내쉬었다.
"이젠 포기할 때도 된 것 아냐? 암만 그래도 소용없다는 거 너도 알잖아."
"이번엔 진짜로 다를 거야. 일단 한번 보기나 해."
유령은 사진을 내게 건넸다. 내가 손을 내밀지 않자 아예 책상 위에 그것을 떨궈주었다.
보지 않을 수 없었다. 나는 잠자코 유령이 가져온 사진을 보았다. 언뜻 무채색 같은 컬러. 블라인드 사이로 채광이 잘 되는 누군가의 작업실. 높은 층고, 고급스러운 몰딩. 5단짜리 책꽂이고 선반이며, 책상 위와 바닥

가릴 것 없이 온통 책으로 뒤덮인 공간. <파인딩
포레스터>에서 작가 포레스터가 은둔하며 살고 있는
아파트 같다는 생각까지 들었다.

"어때?"

잠시 후 유령이 물었다. 왠지 자신감을 애써 감추고 있는
은근한 말투였다.

"재수 없어."

"나 말고, 사진 말이야."

"멋져."

"그치?"

"어릴 때부터 꿈꿨었던 작업실이야."

"선물로 줄 테니까 꼭 벽에 붙여놓도록 해."

유령은 싱글벙글한 표정을 지었다. 신이 난 것 같았다.

"저따위 사진은 이제 떼버려. 니 작업실 분위기랑은
맞지 않아."

유령은 허망한 표정으로 서 있는 검은 사제복 차림의
신학생들을 실눈을 뜬 채 손으로 가리켰다.

대화는 그걸로 끝이었다. 의외로 유령은 용건만 간단히
하는 스타일을 가졌다. 그럼 난 볼일이 있어서 이만,
이라는 말을 남기고서 유령답게 유유히 사라졌다.

작업실에는 나 혼자 남았다. 의도치 않게 중단되었던 작업을 다시 하기 위해 커피를 입에 댔다. 쉽게 집중이 모아지지 않았다. 끝까지 다 비웠음에도 마찬가지였다. 한두 사이즈 큰 컵으로 주문할 걸 그랬다는 생각마저 들었다. 유령이 오기 전과 같은 상태는 좀처럼 돌아오지 않고 있었다. 난 무엇 때문인지 분명히 알았다. 유령이 '선물'로 남겨놓고 간 사진이었다. 그게 나를 방해했다. 시선을 자꾸만 물고 늘어졌다. 한 시간이 넘도록 아무것도 하지 못했음을 탁상시계에서 확인하였을 때 난 고급스럽고 멋지게 생긴 작업실 사진을 가차 없이 구겼다. 귓가에 유령의 비명이 들리는 것 같기도 하였다. 손 안에 들어올 만큼 똘똘 뭉쳐 쓰레기통 쪽으로 던졌다. 벽에 맞고 골인. 오래된 사진에 눈길을 맞춘 후 라디오를 들으며 작업을 재개했다.

후기

🌧 29

애초엔 서른 편을 생각했지만
숫자가 딱 떨어지는 게
왠지 멋없게 느껴져서 하나를 줄였다.
그래서 스물아홉.

🌧 도구

랩탑_ lenovo ThinkPad X220
프로그램_ 한컴오피스 NEO 한글 홈 에디션

🌧 정선엽

소설을 쓴다.
장편은 《동숭동인간》,
《빨간머리 소년을 찾아서》, 《비야 다오스타》,
《카키 - 두 개의 꿈에 관하여》가 있으며,
단편은 〈주니어치즈버거〉가 있다.
1981년, 서울 출생.

초판 1쇄 발행 2020년 8월 25일

지은이 정선엽   silentsun@hanmail.net
디자인 김인애   studio_edit@naver.com
ISBN   979-11-971038-0-3 (02810)
정가   11,000원

ⓒ 정선엽 All rights reserved. Printed in Seoul, South Korea 2020